Bauer · Stefan Zweig

KÖPFE DES 20. JAHRHUNDERTS
Band 21

KÖPFE DES 20. JAHRHUNDERTS

Arnold Bauer

Stefan Zweig

MORGENBUCH VERLAG

Vom selben Autor ist in dieser Reihe lieferbar:
Band 16: Thomas Mann

Die Deutsche Bibliothek – CIP-Einheitsaufnahme

Bauer, Arnold:
Stefan Zweig / Arnold Bauer. – 7. überarb. Neuaufl. –
Berlin: Morgenbuch Verl., 1996
(Köpfe des 20. Jahrhunderts; Band 21)
ISBN 3-371-00401-5
NE: GT

7. überarbeitete Neuauflage

Satz: Volker Spiess, Berlin
Druck: Ebner, Ulm
ISBN 3-371-00401-5

Junger Dichter im alten Wien

»Ich bin zu müde für all das«, schrieb Stefan Zweig in einem seiner letzten Briefe, die er an seine erste Frau Friderike Zweig-von Winternitz richtete. Dieser eine Satz schlägt den Ton an, der melancholisch sein letztes Buch durchklingt. *Die Welt von gestern* war der Titel des Werkes, das er in einer Unterzeile »Erinnerungen eines Europäers« genannt hat. Das Buch ist, streng genommen, weder ein Bekenntnis noch eine Lebensbilanz, nicht einmal eine vollständige Autobiographie. Der Chronist so vieler merkwürdiger Lebensschicksale scheute sich, das Geheimnis des eigenen Lebens zu enthüllen. Der glanzvolle Biograph schrieb keine Lebensbeichte, sondern ließ Abschied nehmend noch einmal vor seinem inneren Auge auferstehen, was er, enttäuscht und verzweifelt, endgültig verloren wähnte: seine persönliche und seine gesellschaftliche Welt. Es war die Welt eines kulturbewußten, fortschrittsgläubigen liberalen Europäertums, die Welt einer geborgenen, gegen alle Störungen abgesicherten Häuslichkeit im Herzen des alten Erdteils. Insofern Stefan Zweig ein Repräsentant jener versunkenen bürgerlichen Epoche war, ist sein Leben und Sterben gleichnishaft. Es ist ein Symbol für Glück und Ende einer mächtigen, kulturell führenden gesellschaftlichen Gruppe im alten Österreich: des jüdischen Großbürgertums. Mancherlei innere und äußere Umstände mögen den selbstgewählten Tod Stefan Zweigs als eine übereilte Tat, vollzogen in schwerer Depression, erscheinen lassen. Der Dichter war durchaus nicht in unmittelbarer Gefahr für Leib und Leben, er befand sich in einem Lande, das ihn ehrte und achtete, wohl behütet im sicheren Port Brasiliens. Aber sein Todesjahr 1942 ist das Jahr der kriegerischen Triumphe Hitler-Deutschlands und des mit ihm verbündeten Japan. Die Welt, die mit diesen beiden Mächten in Fehde lag, schien durch die Erfolge der Diktatoren in ihren Grundfesten erschüttert. Stefan Zweig hatte kaum noch Kontakt mit seinen Freunden und Lesern im alten Erdteil. Er wußte nicht, wie viele ihm treu geblieben waren, aber er hatte auch in der Neuen Welt eine große Lesergemeinde.

Das Exil des Dichters war wohl eines der schönsten, die sich ein Flüchtling wünschen konnte: der in allen Farben der Tropen leuchtende Kurort Petropolis nahe der Hauptstadt Rio de Janeiro. Er genoß die Schönheit des Landes, er war noch nicht lange mit seiner jungen, zweiten Frau verheiratet, aber nichts konnte die Schatten vertreiben, die ihm eine düster verhängte Zukunft vorauszuwerfen schien. Nichts konnte in ihm die Trauer um Verlorenes lindern. In tiefer Depression beschloß er – gemeinsam mit seiner Frau –, das Leben wie eine Last von sich abzuwerfen. Er war müde, seelisch zermürbt, er meinte, so wie einer der von ihm gefeierten Großen des Geistes zur rechten Zeit sterben zu müssen.

»Ich halte es für besser, rechtzeitig und in aufrechter Haltung ein Leben abzuschließen, dem geistige Arbeit immer die lauterste Freude und persönliche Freiheit das höchste Glück dieser Erde gewesen ...«, schrieb der Dichter in seinem Abschiesbrief an das gastliche Land Brasilien. »Declaracas« hatte er seine letzte Botschaft in portugiesischer Sprache überschrieben. Diese Erklärung bietet einen möglichen Schlüssel zum Begreifen seines tödlichen Entschlusses, doch keine vollständige Erklärung für die persönlichen Motive. Sein Freitod bestürzte die Freunde. Ja, bei einigen seiner Gefährten und bisherigen Bewunderer hat sein Ende bittere Kritik ausgelöst. Viele seiner emigrierten Kameraden sahen sich durch Zweigs Tod entmutigt und fühlten sich noch tiefer in einen bislang mühsam gebändigten Pessimismus gestoßen.

Wie man sich auch immer zur Frage des Selbstmordes (den man wohl nur in seltenen Fällen als »Freitod« bezeichnen darf) stellen mag – die wohl schwerste Entscheidung eines Menschen, zumal eines geistigen Menschen, sollte geachtet werden, auch dann, wenn wir die Beweggründe, wie im Fall Stefan Zweigs, nicht ganz erkennen. Stefan Zweigs letzte literarische Arbeit war die Skizze zu einem Porträt des Philosophen Michel de Montaigne, des skeptischen Franzosen, dessen Vorbild auch den Epiker Heinrich Mann zu einem wesentlichen, in der Emigration verfaßten Buch inspiriert hat, zum *Henri IV.* Stefan Zweig hat noch wenige Tage vor seinem Ende zu dem geplanten Essay über Montaigne folgende Zeilen des großen Denkers notiert: »Leben – heißt dienen, unter der Bedingung, daß einem das Sterben frei steht ... Der Tod ist das große Heimkehren.«

Die Welt, aus der Stefen Zweig kam und in die es keine Heimkehr für ihn gab, war die musisch durchleuchtete, aber in ihrem staatlichen Gefüge geborstene und bereits vor den beiden Kriegen untergangsreife Welt der alten Doppelmonarchie, es war die der alten Haupt- und Residenzstadt Wien. Wien war in den vergangenen Jahrhunderten bis gegen Ende des 19. Jahrhunderts mehr noch als Berlin und Paris eine europäische Metropole. Frankreich war ein Nationalstaat und Preußen ein dynastischer Territorialstaat, aber Österreich-Ungarn war ein Viel-Völker-Staat und seine Hauptstadt ein Schmelztiegel, in dem neben den tonangebenden Deutschen die Angehörigen vieler anderer Nationalitäten lebten und der Stadt ihr Gepräge gaben. Magyarisches, slawisches und romanisches Wesen begegneten sich in Wien. Der Hof und der Hochadel pflegten spanische, lothringische und flandrische Tradition. Ein Teil des deutschen Bürgertums war großdeutsch-national gesinnt. Im Ganzen aber war die geistige und soziale Oberschicht, bis hinein in die hohe Beamtenschaft, kosmopolitisch und übernational infiziert. Vor allem waren es die wohlhabenden jüdischen Familien, die mehr als in irgendeinem anderen Lande sich dazu berufen fühlten und berufen waren, als übernationale politische und kulturelle Mittler zwischen den mannigfachen auseinandergehenden Strömungen zu fungieren. Zumal die jüdische Geldaristokratie Wiens hatte es sich zur Aufgabe gemacht, im Wettbewerb mit dem Adel, das geistige und gesellschaftliche Leben der Hauptstadt zu fördern. Die großen jüdischen Familien hatten Verwandte in den verschiedensten Sprach- und Volksbereichen der Monarchie. Sie hatten darüber hinaus internationale verwandschaftliche Beziehungen und sahen sich als Weltbürger verpflichtet, Mäzene der Wissenschaften und schönen Künste zu sein. War Wien im 18. und zu Beginn des 19. Jahrhunderts unter dem Patronat des Hochadels zur musikalischen Metropole Europas geworden, so war es nicht zuletzt der Einfluß des wohlhabenden jüdischen Bürgertums, der die Stadt gegen Ende des 19. Jahrhunderts zu einem europäischen Zentrum des Theaters und der Literatur machte. Die österreichische Klassik steht – trotz Grillparzer und Stifter – an Ruhm hinter der Weimars zurück. Aber um die Jahrhundertwende war Wien Ausgangspunkt der epigonalen Nachklassik. Nachhall und Nachglanz der großen Epoche deutscher Kultur waren in Wien stärker als im nördlichen Deutschland unter preußischer Hegemonie. Hier gefiel sich die österreichische literarische Welt in der müden und edlen Haltung einer etwas dekadenten Aristokratie des Geistes. Lokaler Mittelpunkt dieses im guten Sinne epigonalen Literatentums war das Wiener Kaffeehaus. Es war im 19. Jahrhundert, besonders gegen das Fin de siècle hin, ein Umschlagplatz der Weltliteratur geworden, eine Börse des Geistes, auf der die literarischen Kurswerte notiert wurden. In der unvergleichlichen »Vegetation« des Cafés reiften die seltsamsten Blumen und Pflanzen: die hohen Talente, die üppigen Scheinblüten, aber auch das Schrullige und Abseitige. Dort gediehen ein flotter literarischer Journalismus, aber auch ein Kunstrichtertum höchster Maßstäbe – und mitten unter ihnen die Harlekine der lokalen Satire. Nicht nur Stefan Zweig – es gibt überhaupt keinen jungen Literaten der österreichischen Jahrhundertwende, der nicht ein Züchtungsprodukt des Wiener Kaffeehauses genannt werden könnte. Alfred Polgar hat in seiner *Theorie des Café Central* das Klima des Literatencafés auf eine Formel zu bringen gesucht: »Hier entwickelte Ohnmacht die ihr eigentümlichsten Kräfte, Früchte der Unfruchtbarkeit reifen, und jeder Nichtbesitz verzinst sich.«

Vorläufer des Café Central war das Café Griensteidl, das um 1890 herum Wiens Parnassos bedeutete. Es genoß so hohen Ruhm, daß der junge, von seiner Sendung durchdrungene Stefan George – auf der ständigen Suche nach auserlesenen Jüngern und Mitarbeitern – eigens des Cafés Griensteidl wegen nach Wien kam, um dort für seine »Blätter für die Kunst« zu werben. Im Griensteidl gewann George Kontakt mit dem jungen Hofmannsthal, der sich eine Zeitlang zu den Zielen des Dichters bekannte. Den »Wunderknaben« Hofmannsthal hatte allerdings bereits vorher Hermann Bahr entdeckt, der Matador der damaligen Avantgarde, der große Anreger und Vermittler, der aus Paris den Begriff der »Moderne« nach Wien verpflanzt hatte.

Im Gegensatz zu Berlin, das in jenen Jahren zur Hochburg des Naturalismus wurde, den Blick nach Skandinavien gewandt, war das literarische Wien dem harten Realismus des Nordens abhold. Es bevorzugte die ästhetische Form um ihrer selbst willen und neigte zu einem an den romanischen Literaturen geschulten Ästhe-

tizismus. Als in Berlin das Theater mit engagierter Gesellschaftskritik Triumphe errang und Skandale entfesselte, war Wien nachklassizistisch formstreng und zeigte sich schon in den neunziger Jahren für Impressionismus und Symbolismus aufgeschlossen. Nicht Ibsen und Zola, sondern Mallarmé, Baudelaire und Verlaine waren die Abgötter des literarischen Wien.
Das war das kulturelle Klima, in dem sich der junge Stefan Zweig entwickeln konnte. Seine Familie war ähnlich verfeinert und kultiviert wie die Familie Hofmannsthal, die – trotz jüdischer Vorfahren im Mannesstamm – in den Adelsstand erhoben worden war. Das vornehme Judentum neigte nicht so sehr zu einer Opposition gegen die vorherrschende Hof- und Adelshierarchie wie die vornehmen liberalen Familien Preußens. Die Juden hatten ihren Teil am Glanz der Kaiserstadt. Aber auch die herrschende Schicht des alten Österreich war nicht ganz so exklusiv wie die im deutschen Norden. Die fortgesetzten Krisen des Nationalitätenstaates waren nicht dazu angetan, das Machtbewußtsein der alten Herrenschicht zu stärken. Die geistige Oberschicht des Adels wie des Bürgertums empfand, im Vorgefühl kommender Gefahren, ein Unbehagen an der Politik.
Von der profanen Wirklichkeit erhoben sich im hellen Licht der reinen Künste: Musik, Theater, Literatur, mit Abstand die bildende Kunst in ihrer schwülen Makart-Pracht. Die junge Generation der Jahrhundertwende, zu der Hermann Bahr, Arthur Schnitzler, Hugo von Hofmannsthal und (etwas später geboren) auch Stefan Zweig gehörten, floh aus einem verachteten Alltag auf eine Insel des Schönen in den »Tempel der Kunst«. Als ein Heiligtum empfand schon der Knabe Stefan Zweig diese Sphäre. (Als er 1881 geboren wurde, war das Wiener Kaffeehaus bereits ein Musentempel!)
Stefan Zweigs Vater war Großindustrieller mit Fabriken und ausgedehnten Besitzungen in Böhmen. Seine

Mutter stammte aus einer über ganz Europa verbreiteten Bankiersfamilie. Sie war in einer mittleren Handelsstadt an der Adria aufgewachsen und fühlte sich als Angehörige des italienischen Kulturraums, dessen Sprache sie vollkommen beherrschte.

Stefan Zweigs Kindheit war nicht eben glücklich. Im Elternhaus galt noch patriarchalische Strenge als pädagogische Richtschnur. Der Knabe war unter ständiger Aufsicht von Gouvernanten. Seine Eltern waren durch ihre gesellschaftlichen Verpflichtungen verhindert, sich viel um ihre beiden Söhne zu kümmern. Schule und Gymnasium bedeuteten für den sensiblen, elterliche Liebe oft entbehrenden Knaben mehr Bedrückung als Geborgenheit. Doch ist es ihm wohl nicht allein so gegangen. Wie so viele andere Autoren jener Zeit es in ihren Erinnerungen taten, so klagte auch Stefan Zweig nicht wenig Erziehung und Umwelt seiner Jugend an. Für ihn war die Kindheit, inmitten von Wohlstand und Luxus, ein »enger Kerker«. Das Schulkapitel in Stefan Zweigs Memoiren beschwört nicht weniger beklemmende Alpträume als die Schulmiseren, die Thomas Mann und Hermann Hesse in ihren Entwicklungsromanen geschildert haben.

Auch für den Knaben Stefan Zweig gab es keinen anderen Ausweg in eine freiere Welt als den zu Musik, Theater und Literatur, die ja von den Elternhäusern nicht nur geduldet, sondern sogar gepflegt und gefördert wurden. Was der Kunstenthusiasmus damals für einen empfänglichen jungen Menschen dieser Umwelt bedeutet haben mag, ist heute kaum noch vorstellbar. Die Kunst war für viele gleichsam ein Narkotikum, man erlebte sie nicht nur passiv, sondern drängte rauschhaft zu künstlerischer Selbstbetätigung. Stefan Zweig hat in seinem Erinnerungsbuch diesen Fanatismus wehmütig beschrieben:

»... Denn daß wir alle längst zu schreiben oder zu dichten, zu musizieren oder zu rezitieren begonnen hatten,

war selbstverständlich; jede passiv-passionierte Einstellung ist ja an sich schon unnatürlich für eine Jugend, denn es liegt in ihrem Wesen, Eindrücke nicht nur aufzunehmen, sondern sie produktiv zu erwidern ... Talent in allen Formen ekstatisch zu bewundern führt sie unwiderstehlich dazu, in sich selbst Nachschau zu halten, ob nicht eine Spur oder Möglichkeit dieser erlesensten Essenz in dem einen unerforschten Leib oder der noch halb verdunkelten Seele zu entdecken wäre. So wurde in unserer Schulklasse gemäß der Wiener Atmosphäre und den besonderen Bedingtheiten jener Zeit der Trieb zur künstlerischen Produktion geradezu epidemisch ...«
Eine gewisse Neigung, sich abzusondern und sich selbst zu überschätzen, mußte die Folge eines so intensiven Kunstenthusiasmus sein. Wahrscheinlich war auch der junge Stefan Zweig davon angekränkelt. In ihren eigenen Erinnerungen hat Stefan Zweigs erste Frau, Friderike Maria, von jener Jugendgeneration feststellen müssen, sie habe ihre Leistungen überbewertet. Die schwärmerischen Jünglinge um 1900, Stefan Zweig und seine Gefährten, waren bereits Spätgeborene, man könnte fast sagen Zuspätgekommene. Die Häupter der Wiener Schule waren um Jahre oder sogar um Jahrzehnte älter: der Protagonist Bahr, der feinsinnige Psychologe des Verfalls Schnitzler, der neue »Renaissanceprinz« Hofmannsthal, sie alle waren schon auf der Höhe ihrer Laufbahn, als der junge Zweig zu schreiben und zu publizieren begann. Neue produktive Kräfte konnten nur diejenigen entwickeln, die abseits des Wiener Literaturbetriebs nach eigenem Ausdruck rangen, der mit Zweig gleichaltrige Robert Musil, der zunächst Offizier und Ingenieur war, und der meist auf dem Lande lebende, aber in Wien geborene Franz Nabl, der naiv und fremd abseits der Wiener Schule aufwuchs. Der Student der Wiener Universität (Lehrfach exakte Philosophie) Stefan Zweig war keineswegs naiv-schöpferisch. Er war

schon – ein Knabe noch – ein frühreifer, einfühlsamer und mitempfindender Mensch. Erst relativ spät zur Selbständigkeit aus elterlicher Aufsicht entlassen, bot auch ihm die Beschäftigung mit Kunst und Literatur die Möglichkeit zur Flucht ins Freie. Seine reichlichen Geldmittel gestatteten ihm, die akademische Freiheit dahin zu nutzen, nur noch eigenen Neigungen nachzugehen. Er dachte dabei nicht nur an sich selbst, sondern auch an andere weniger begünstigte Gefährten, die er schon damals mit Geld unterstützte. Er galt als ein »Genie der Freundschaft«. Diesen hohen idealistischen Begriff von Freundschaft übertrug er bald in die Abstraktion einer europäischen Verbundenheit. Um seine Ideale als Gefährte und Mittler der Kulturen in aller Welt realisieren zu können, begab er sich schon frühzeitig auf ausgedehnte Reisen ins Ausland, pflegte er Korrespondenz mit Künstlern und Schriftstellern anderer Länder. In seinen Erinnerungen ist viel von jener europäischen Aufbruchsstimmung, die ihn erfaßt hatte, die Rede. Wir lernen die Gefährten seiner Jugend, die europäischen Freunde kennen. Von ihnen spricht er begeistert, aber über seine eigene Situation sagt er wenig aus. Bescheidenheit, aber auch Scham mögen ihn daran gehindert haben, eine persönliche Konfession zu schreiben. Das Überpersönliche bedeutete ihm mehr lohnender Stoff als die Beschäftigung mit sich selbst. Seltsam ist, daß Stefan Zweig von jener frühen Periode kaum Bücher nennt, die seinen Weg bestimmten. Wir erfahren in erster Linie, daß er zu einer begeisterten Gemeinde von Zeitschriftenlesern gehörte. Er hielt die *Blätter für die Kunst* Stefan Georges, ferner den vorübergehend von Alfred Kerr herausgegebenen *Pan* und war ständiger Leser von Maximilian Hardens *Zukunft.* Die einzigen Dichter, die er zunächst als verehrte Vorbilder erwähnt, sind Stefan George, Hofmannsthal und Rilke. Auch Stefan Zweig fühlte sich dieser »unsichtbaren Loge« zugehörig. Er

war sich nicht bewußt, wie gefährlich apolitisch eine solche Elite war, die sich spontan gebildet hatte, nicht auf Grund gemeinsamen Willens.
Stefan Zweig ist niemals ein politischer Mensch gewesen, auch später nicht, als er sich zur Idee der europäischen Verständigung bekannte. Er lebte vorwiegend in der Welt seiner Ideen, ohne eine Beziehung zur politischen Realität. Das liberal gesinnte Bürgertum seiner Zeit war bis zu einem gewissen Grade entpolitisiert. Man nahm die Sturmzeichen der Zeit nicht ernst, man unterschätzte den organisierten Nationalismus und Antisemitismus, der schon vor dem Ersten Weltkrieg massiv auftrat, auch in Wien, wo ein Adolf Hitler seine »Lehrjahre« hatte. In der *Welt von gestern* hat Stefan Zweig den Verzicht auf eine klare politische Stellungnahme in seiner Generation nachträglich als ein Verhängnis erkannt. Er schreibt: »Wir jungen Menschen aber, völlig eingesponnen in unsere literarischen Ambitionen, merkten wenig von diesen Veränderungen in unserer Heimat. Wir blickten nur auf Bücher und Bilder. Wir hatten nicht das geringste Interesse für politische und soziale Probleme: was bedeuteten diese grellen Zänkereien in unserem Leben? Die Stadt erregte sich bei Wahlen, und wir gingen in die Bibliotheken. Die Massen standen auf, und wir schrieben und diskutierten Gedichte.«

In ihrem Erinnerungsbuch hat Friderike Zweig der Kindheit ihres Gefährten mit liebevollem Verständnis gedacht. Das Kapitel, kennzeichnenderweise »Kindheit und Mutter« überschrieben, hat als Motto ein Goethewort: »Niemand meine, die ersten Eindrücke seiner Jugend überwinden zu können.«
Friderike Zweig erklärt auf Grund ihrer Gespräche mit dem Dichter, daß die Beziehung zwischen Mutter und Sohn problematisch gewesen sein muß. Aber sein eigentlicher Alptraum war die Schule. Im Falle Stefan Zweigs

war es allerdings weniger der autoritäre Druck des Schulsystems als die Öde und Langeweile, unter der er gelitten hatte.
Stefan Zweig begründete in seinen eigenen Erinnerungen das Versagen der Schule damit, daß die ältere Generation seiner Zeit die Jugend an sich nicht geliebt habe. Die alte konservative Gesellschaft habe sich durch die Ansprüche und Opposition der jungen Generation bedroht gesehen. Deshalb seien Schule und Elternhaus von vornherein bestrebt gewesen, die geistige Selbständigkeit in den jungen Menschen zu hemmen und die natürliche Opposition der Jugend zu lähmen. Stefan Zweig hat eine seiner frühen Novellen, die jene unglückliche Kindheitssituation künstlerisch sublimiert, nicht in sein gesammeltes Werk aufgenommen. Friderike Zweig erwähnt die Novelle mit dem Titel *Scharlach* als charakteristisches Symptom – nicht nur für die Kindheit des Dichters, sondern für die Generation der jungen Intellektuellen jener Vorkriegsjahre überhaupt. Der selbst noch jugendliche, wohl kaum zwanzigjährige Stefan Zweig zeichnete in der Gestalt eines kranken Kindes, um das sich niemand kümmert, ein etwas übersteigertes Selbstbildnis. Nur ein armer Student nimmt sich des von seinen wohlhabenden Eltern vernachlässigten Geschöpfes an.
Bereits der neunzehnjährige Stefan Zweig veröffentlichte seine Gedichte; wie er sie selbst später nannte: »Verse unbestimmter Vorahnung und unbewußten Nachfühlens, nicht aus eigenem Erlebnis entstanden, sondern aus sprachlicher Leidenschaft«. Der Band trug den Titel *Silberne Saiten.* Er wurde später nicht mehr aufgelegt. Stefan Zweig nahm nur wenige Gedichte in die Jahrzehnte später erschienenen *Gesammelten Gedichte* auf. Die *Silbernen Saiten* sind heute verschollen. Aber einige Verse des jungen Stefan Zweig wurden bereits 1903 in repräsentative Anthologien, wie zum Beispiel in die

Moderne Deutsche Lyrik des Verlages Reclam, aufgenommen. Aus dieser von Hans Benzmann herausgegebenen Sammlung seien einige Strophen des Gedichtes »Begehren« zitiert.

An manchen Tagen faßt mich ein Begehren
Nach Glanz und Glück und wilder Rhythmen Glut,
Nach Purpurrosen, tief und rot wie Glut,
Und heißen Frauen, die mit liebesschweren
Sturmküssen dämmen meiner Wünsche Flut. –
Doch tief in diesem grellen Lustverlangen
Zittert ein einz'ger leiser Wunsch allein
Nach einem atemstillen Glücklichsein,
Nach Frieden, den mir stille Lieder sangen
In meiner Kindheit goldnem Sonnenschein ...

Diese Probe kennzeichnet die Grundstimmung in der jungen Generation des Fin de siècle: ständiges Schwanken zwischen Melancholie und Aufbegehren, Verschmelzung von pubertärem Lebensgefühl und früher ästhetischer Perfektion. Menschen unserer Zeit mögen diese von erotischen Wunschträumen getragenen Reime überdeutlich und vergilbt in ihrem Flittergold erscheinen. Aber wir müssen solche Gefühlsauslassungen bei einem jungen Poeten als den zeitbedingten Protest einer Generation gegen die damaligen Konventionen betrachten. Erotische Offenheit und Unbefangenheit waren verfemt. Stefan Zweig hat in seinem Lebensbericht in dem Kapitel »Eros Matutinus«, noch als Sechzigjähriger in der Rückschau empört, die Vorurteile seiner Zeit polemisch erörtert. Als Hauptkennzeichen für die Bewertung des Sexuallebens in jener Zeit erscheint ihm die Tabuierung, wenn wir diesen Begriff der neueren Soziologie auf Zweigs klaren und pointierten Bericht anwenden wollen. Der Dichter stellt fest: »War die Sexualität schon nicht aus der Welt zu schaffen, so sollte sie wenigstens ihrer [der Erwachsenen, d.V.] Welt der Sitte

nicht sichtbar sein. Es wurde also die stillschweigende Vereinbarung getroffen, den ganzen ärgerlichen Komplex weder in der Schule, noch in der Familie, noch in der Öffentlichkeit zu erörtern und alles zu unterdrükken, was an sein Vorhandensein erinnern könnte.
Für uns, die wir seit Freud wissen, daß, wer natürliche Triebe aus dem Bewußtsein zu verdrängen sucht, sie damit keineswegs beseitigt, ist es leicht, über die Unbelehrbarkeit jener naiven Verheimlichungstechnik zu lächeln ... In diesem Wahn, durch Ignorieren zu temperieren, vereinten sich alle Instanzen zu einem gemeinsamen Boykott durch Schweigen. Schule und kirchliche Seelsorge, Salon und Justiz, Zeitung und Buch, Mode und Sitte vermieden prinzipiell jedwede Erwähnung des Problems, und schmählicherweise schloß sich sogar die Wissenschaft, deren eigentliche Aufgabe es doch sein sollte, an alle Probleme gleich unbefangen heranzutreten, diesem ›naturalia sunt turpia‹ an ...«
Die junge bürgerliche Literatur der Jahrhundertwende (Stefan Zweig war einer ihrer typischen Vertreter) mag extrem subjektiv und ästhetisch gerichtet gewesen sein, aber bei all ihrer ideologischen Verschwommenheit hat sie eine klar erkennbare gemeinsame Tendenz: die zur erotischen Emanzipation. Die geistigen Enkel Ibsens plagten sich noch immer mit den Fesseln der konventionellen Gesellschaftsmoral, und mit ihrer Empörung gegen sie haben sie zum Wandel des gesellschaftlichen Bewußtseins beigetragen. Ihre mehr oder weniger verborgene Sitten- und Gesellschaftskritik bereitete den Weg zu größerer Duldsamkeit und Liberalität im menschlichen Zusammenleben. Die psychologischen Impressionisten der Wiener Schule, an der Spitze Hermann Bahr und Arthur Schnitzler, haben diesen Liberalisierungsprozeß in einer starr konservativen Gesellschaft beschleunigt. Sie haben vielleicht sogar einen stärkeren Anteil am Wandel der überalterten Moralbegriffe gehabt

als die viel lautstärker auftretenden Schrittmacher des Berliner Naturalismus. Jedenfalls hatten die Wiener »den Freiheitskampf gegen den Feudalismus der Liebe«, den in München (und Schwabing) Frank Wedekind führte, auf ihre Fahnen geschrieben. Das Beispiel Nietzsches hat nicht wenig auf den späten Liberalismus eingewirkt. Nietzsche war der eigentlich bürgerliche Revolutionär, der die Ethik des sich Auslebens gelehrt hatte. Das Wort »Erlebnis« hatte durch Nietzsche und Wedekind einen neuen kräftigen Akzent erhalten. Erlebnis – das war auch das große Wort der Impressionisten für die »Impression des Augenblicks«. Dem herkömmlichen Kirchentum entfremdet, ergaben sich die jungen Bürger einem entdogmatisierten Kult des Schönen bis zum ekstatischen Rausch. Diesem erneuerten Lebensgefühl parallel lief ein schwärmerischer Kosmopolitismus als unverbindliche politische Haltung.

Der Weg in die Welt

Das Universitätsstudium bedeutete für den jungen Stefan Zweig die Befreiung von jeglichem Joch. Mit einem reichen Wechsel ausgestattet, konnte er es sich leisten, seine Studien der Germanistik und der romanischen Sprachen nur lässig zu betreiben. Er genoß die neue Freiheit in vollen Zügen, vor allem auf vielen und ausgedehnten Reisen. Er war einer der begüterten Söhne der impressionistischen Übergangszeit. Generationen rühriger und auf die Vermehrung ihres Vermögens bedachter Bürger hatten den Acker bestellt, auf dem nun späte kulturelle Früchte reiften. Kultur bedarf des goldenen Grundes. Wohlstand gestattet Muße, individuelle Verfeinerung, Liebe zur Kunst war zugleich verfeinerter Lebensgenuß, wie ihn der edlere Teil der Jeunesse d'orée pflegte. Stefan Zweig liebte das Reisen, weil es unbeschwert und frei von Alltagsbindungen machte. Die Ferne ließ ihn die Leiden seiner Kindheit vergessen. Unstet pendelte er zwischen den europäischen Zentren hin und her. Er studierte in Berlin und Paris. Vor allen anderen Ländern aber zog ihn Belgien in seinen Bann. Diese Neigung war literarisch motiviert. Schon der Siebzehnjährige war als Gymnasiast ein begeisterter Leser des um die Jahrhundertwende berühmtesten belgischen Dichters Emile Verhaeren. Er korrespondierte mit seinem Idol und bat Verhaeren, den er das »geistige Sternbild meiner Jugend« nannte, ihm zu gestatten, seine Gedichte ins Deutsche zu übertragen. Der Autor der *Hymnen an das Leben* war wie der andere große Hymniker in der Neuen Welt, Walt Whitman, ein Prophet der Erdenelite und der sozialen Menschenfreundschaft. Für den jungen Zweig war er mehr als ein literarisches Vorbild, er war für ihn ein Mentor und beispielhaft durch seine Lebensführung. Noch 1917 schrieb Stefan Zweig in seinem Nachruf auf Verhaeren: »Mit der Erinnerung an den großen verlorenen Freund erzähle ich meine eigene Jugend.«

Im Grunde schüchtern, anschmiegsam und anlehnungsbedürftig, hatte der junge Stefan Zweig schon früh die Gabe entwickelt, sich in fremde und sogar gegensätzliche Charaktere einzufühlen. Was ihm selbst bis zu einem gewissen Grade mangelte oder was er als Mangel empfand, das liebte er an den großen, von ihm verehrten Persönlichkeiten, an Verhaeren, an Rolland, Tolstoi und Balzac: die »unendlich gesteigerte Urkraft«. Der Feinnervige und zart Besaitete verehrte das Gewaltige. Diese ganz individuelle Eigenschaft, sich fremdem, entgegengesetztem Wesen zu öffnen, war es, die den jungen noch ganz epigonalen Dichter prädestinierte, Mittler zwischen Menschen und Kulturen zu werden. Gelang es dem jungen Stefan Zweig nicht, an Eigenem so Reifes zu schaffen wie etwa der junge Hugo von Hofmannsthal, so konnte er auf seine frühen Leistungen als Nachdichter stolz sein. Manche seiner Nachdichtungen sind sogar mehr, sie sind »Neudichtungen«, und mit seinen Übertragungen der hymnischen Lyrik Verhaerens gelang es ihm, sich schon frühzeitig einen festen Platz in der zeitgenössischen Literatur zu sichern. Im Jahre 1902 – bei seiner ersten Reise nach Belgien – war der junge Österreicher Verhaeren zum erstenmal begegnet. Noch in den Erinnerungen an Verhaeren, die 1917 – mitten im Ersten Weltkriege – als Privatdruck erschienen waren, klingt der Enthusiasmus der ersten Begegnung mit dem belgischen Dichter nach. Zweig berichtet, daß ihn die belgische Kunst bereits in Wien, auf einer Ausstellung der Sezession angezogen habe. Dort waren Werke der bildenden Kunst ausgestellt. Vor allem begeisterten den jungen Dichter die Bildhauer Constantin Meunier und

Charles van der Stappen. Auch die belgische Literatur war dem jungen Stefan Zweig bekannt. Er hatte sich – obschon vergeblich – dafür eingesetzt, die Bücher des flämischen Nationaldichters Charles de Coster im deutschen Sprachraum herauszubringen, und er schätzte die heute so gut wie verschollenen Romane Lemonniers, die er als »rubenskräftig und lebensstark« bezeichnete.

Als Stefan Zweig den Bildhauer van der Stappen in Brüssel besuchte, überraschte ihn dieser mit einem später hinzukommenden Gast. Es war der gleichfalls zum Essen eingeladene Verhaeren. Man muß Stefan Zweig selbst sprechen lassen, um den überwältigenden Eindruck ermessen zu können, den der junge Schüler von seinem Meister empfing:
»Er warf sich gewissermaßen gleich mit seinem ganzen Wesen aus sich heraus einem entgegen, und wie in dieser ersten Stunde selbst habe ich hundert- und hundertmal diesen stürmischen, überwältigenden Anprall seines Wesens an anderen Menschen beglückt miterlebt ... unwillkürlich zerbrach vor dem vollen stürmischen Stoß seines Wesens jede Schüchternheit in mir. Ich fühlte mich frei wie noch nie bisher vor diesem fremden, offenen Menschen. Sein Blick, stark, stählern und klar, entriegelte das Herz.«
Was den jungen Zweig, diesen Wiener literarischen Amateur, der er ja zunächst noch war, mit dem Brüsseler Poeten und Exadvokaten verband, war der gemeinsame Wille, der viktorianisch prüden Epoche die Fehde anzusagen und eine »ästhetische Epoche« brüderlicher Toleranz einzuleiten.
»Die Begeisterung« war der kennzeichnende Titel eines der Gedichte von Emile Verhaeren, die Stefan Zweig als erster ins Deutsche übertrug. In ihm äußert sich die Überschätzung der Rolle des Künstlers im Weltgeschehen, die durch die lange Friedensphase Europas bedingt

sein mochte. In ihm offenbart sich die Perspektive eines allbeglückenden Liberalismus.

Wenn wir einander unentwegt Bewunderung zollen
Aus unserer Herzen tiefster Glut und Gläubigkeit
So werdet ihr, die Denker, Dichter, ihr, die Meister
Die neue Formel finden für die neue Zeit.
Wir bringen, von der Welt und von uns selber trunken,
In das verlebte All ein neues Menschenherz.
Der Götter Bann und Gnade ist für uns versunken.
In uns nur lebt die Kraft, denn in uns war der
Schmerz ...

Die geistige Mittleraufgabe, die sich der junge Stefan Zweig gestellt hatte, bedeutete zunächst einen Verzicht auf schöpferische Selbstentfaltung. Er hatte, wie er später gestand, den Entschluß gefaßt, »den herrlich verwegenen Entschluß«, dem Hymniker Europas und seinem Werk zu dienen. Er fand dabei – nach seinem eigenen Geständnis – »mehr Sicherheit als im eigenen Schaffen«. Auf Grund der Geistesfreundschaft mit Emile Verhaeren sah sich der junge Schriftsteller und Übersetzer zum erstenmal in seiner »europäischen« Mittlerrolle bestätigt. Sie war für ihn eine »moralische Aufgabe«.

Der lange Aufenthalt in Belgien war für Zweig nur der Auftakt zu einem ausgedehnten Wanderleben, das ihn zwischen seinem zwanzigsten und dreißigsten Lebensjahr in die Zentren Europas und bald darauf in alle Erdteile führte. Dabei mag ihn nicht nur der »moralische Auftrag« bewegt haben, sondern in gleichem Maße die innere Unrast, die bis zum Ende Teil seines Wesens war und die ihn zu raschem Wechsel der Schauplätze drängte. In seinen Erinnerungen, die er ja kurz vor seinem Tode niederschrieb, bekennt sich der Dichter selbst zu seinen Reisen als einem bestimmenden Erlebnis, als einem Wert an sich. Von den Reisen her blieb ihm, der sonst über keinerlei Gedächtnisstützen in seinem brasilianischen Exil verfügte, der am meisten kompakte Erinnerungsstoff, der alles sonst Gesehene und Geleistete überglänzte:

»Um aufrichtig und richtig mein Leben zu schildern, muß ich einen merkwürdigen Widerspruch der Erinnerung und der Tatsachen verzeichnen. Wenn ich an meine Jahre zwischen 18 und 30 zurückdenken will und mir vergegenwärtige, was ich damals tat, so scheint es mir, als ob ich diese ganzen Jahre einzig in der Welt herumgereist wäre. Mit bestem Willen kann ich mich nicht erinnern, jemals gearbeitet, jemals etwas gelernt zu haben. Dem aber widersprechen die Tatsachen; schließlich habe ich damals eine Reihe Bücher geschaffen, habe Sprachen gelernt und viel, ja unendlich viel gelesen. Merkwürdigerweise kann ich mich aber da der Einzelheiten kaum erinnern. Ich wüßte nicht, ohne nachzusehen, auch nur ungefähr zu sagen, wann ich zum ersten Male im Burgtheater zu Worte kam, oder wer diese oder jene Rolle in München oder Dresden spielte. Ich bin durch zehn Jahre, statt mich um meine Stücke und Bücher zu kümmern, ununterbrochen durch die Welt gefahren, ich habe ein Jahr in Paris gelebt, kameradschaftlich jenem Kreise nahe, der heute in Frankreich zu Ruhm gekommen ist, im Kreise Duhamels, Romains, Vildracs, ich habe lange in Rom und Florenz gelebt (mit Ellen Key und jungen Skandinaviern), ich war in Spanien, Schottland, England, in der Provence, drei Monate in Amerika, Canada, auf Cuba, in Mexiko, dann ein anderes Jahr in Indien, Ceylon, an der Südgrenze Chinas, in Afrika, und bin allmählich Europäer geworden. Noch heute kann ich in Paris, in Berlin wie in Rom und Prag vom Bahnhof ohne Führung jede Straße finden, habe überall Beziehungen, Freunde und Gefährten, ein Gefühl dies, das mich mehr beglückt als irgendein Stolz auf Bücher oder literarische Leistung.«

Zu Zweigs bedeutsamsten Stationen seines Weges in die Welt und um die Welt gehört ein Aufenthalt in Berlin. Dem Rat Dehmels folgend, übte sich Zweig weiterhin in der Übertragung fremder Literaturen, um den »Geist der eignen Sprache tiefer und schöpferischer zu begreifen«. Er übersetzte Gedichte von Charles Baudelaire, Paul Verlaine, John Keats, William Morris, Novellen und andere Prosaarbeiten von Camille Lemonnier und Charles van Lerberghe.

War der Student Zweig schon in Berlin weitaus häufiger Gast literarischer Zirkel als Besucher der Hörsäle, so zog er es in Paris überhaupt vor, ungebunden zu sein und spontanen Anregungen zu folgen. Schwärmerisch gedenkt er dieser Zeit:

»Für das erste Jahr der eroberten Freiheit hatte ich mir Paris als Geschenk versprochen. Ich kannte diese unerschöpfliche Stadt nur flüchtig von zwei früheren Besuchen und wußte, daß wer als junger Mensch ein Jahr dort lebt, eine unvergleichliche Glückserinnerung durch sein ganzes Leben mitträgt. Nirgends empfand man mit aufgeweckten Sinnen sein Jungsein so identisch mit der Atmosphäre wie in dieser Stadt, die sich jedem gibt und die keiner doch ganz ergründet.«

Als Übersetzer und Interpret fremder Literaturen errang Stefan Zweig bald Ruf und Namen. Die großen Alten Europas begannen sich für den jungen Protagonisten Verhaerens zu interessieren. Ellen Kay, Georg Brandes und der norwegische Romancier Johan Bojer korrespondierten mit ihm. Die berühmtesten deutschen Menschendarsteller der Zeit, Josef Kainz und Alexander Moissi, rezitierten bei ihren Vortragsabenden Gedichte, die Stefan Zweig übertragen hatte. Als der junge Literat sich endlich entschloß, an der Wiener Universität zu promovieren, war sein frischer Ruhm bereits bis in die Sprechzimmer der examinierenden Professoren gedrungen. Sie zeigten sich ganz unakademisch entgegenkommend und verzichteten darauf, den Dichter in exakter Logik (für die ihn sein Studienbuch auswies) zu prüfen. Sie plauderten mit ihm, wie der Prüfling später erzählte, und streiften dabei nur solche Fächer, in denen er sich auskannte. Man kann dieses vergnügliche Intermezzo in seinen Erinnerungen nachlesen, in denen er leider verschweigt, welches Thema seine Dissertation gehabt hat. Offenbar hat ihm schulmäßiges Studium weder zugesagt noch etwas geben können. Das Studium war für ihn, wie er freimütig gesteht, nur ein Vorwand, um sich von der Familie durch den Doktorhut »freikaufen« und ungestört seinen Neigungen leben zu können. Er konnte nun in Wien eine eigene Wohnung nehmen, aber immer wieder zog es ihn nach Paris. In diesem »Mekka der Zivilisation« hätte er das müßige Leben eines der vielen Libertins führen können wie zahllose andere lustige und liederliche Kunstjünger und Literaten aus aller Welt. Stefan Zweig hielt sich diesem Treiben fern. Er schloß mit einigen französischen Schriftstellern Freundschaft, die zurückgezogen lebten und diszipliniert arbeiteten. Am nächsten stand ihm damals Léon Balzangette, der Biograph und Übersetzer von Walt Whitman. Balzangette war, wie sein neuer Freund aus Österreich, Antinationalist und Antimilitarist, er führte Stefan Zweig in einen Kreis gleichgesinnter französischer Schriftsteller ein. Man schätzte in dem jungen Österreicher den Adepten von Verhaeren. Was Stefan Zweig selbst damals produzierte, das lehnte Balzangette schroff ab. Der Dichter war nicht eitel genug, sich davon abschrecken zu lassen. Die Aufrichtigkeit war die Grundlage seiner Freundschaft mit dem strengen französischen Formkünstler. Zeitweise war auch Rainer Maria Rilke Stefan Zweigs Gefährte. Der Dichter des *Buches der Bilder,* das durchaus vom französischen Impressionismus inspiriert war, nahm sich des Jüngeren freundschaftlich an. Oft begab sich Zweig in die Gesellschaft des passionierten

Spaziergängers Rilke, um durch ihn den heimlichen Reizen der Seinestadt auf die Spur zu kommen. Die Erinnerungen Zweigs an jene Tage gemeinsamen Erlebens von Paris stellen einen nicht unwesentlichen Beitrag zum Bilde des großen Lyrikers dar. Das »Mönchische« in Rilke, seine zwischen schöpferischer Askese und stiller Beschaulichkeit schwebende Existenz, hat auf den Jüngeren tiefen Eindruck gemacht.

Von mehr als anekdotischem Wert ist eine kleine Pariser Episode, auf die Zweig in seinen Erinnerungen zurückkommt. Ihm war in seinem Pariser Hotel ein Koffer gestohlen worden. Der Dieb wurde bald gefunden und seine Beute beschlagnahmt. Es war ein hungriger armer Teufel, der Stefan Zweigs Mitleid weckte. Er verzichtete auf eine Strafanzeige, zur Verwunderung des vernehmenden Polizisten. Vielleicht glaubte er, mit dieser Geste heimlicher Sympathie eine gute Tat vollbracht zu haben. Darüber empörte sich Stefan Zweigs Hotelwirt, der dem jungen Dichter kündigte, vorher aber den ihm unliebsam gewordenen Gast mit Vorwürfen und Schikanen belästigte.

Dieser Vorfall kennzeichnet den humanen Sinn des jungen Dichters, der nicht nur in der Theorie ein Menschenfreund sein wollte. Seine Liberalität und Toleranz sahen kaum noch Grenzen, er nahm die alte Floskel »alles verstehen heißt alles verzeihen« wörtlich. Er wollte so leben, wie es ihm seine humanitäre Überzeugung vorschrieb (wie er meinte).

In London, das Stefan Zweig bald nach dieser Affäre aufsuchte, konnte er sich nicht so schnell einleben. Er liebte den englischen Lebensstil wenig, und es gelang ihm nicht, »auch nur eine Finger breit tief in das englische Leben einzudringen«, wie er selbst bekennt. Ebenso empfand er für die meisten englischen Literaten kaum mehr als kühlen Respekt. Er lernte den Artisten der Dichtkunst William Butler Yeats bei einer feierlichpreziös inszenierten Dichterlesung kennen. Am stärksten bewegte ihn eine Entdeckung, die er für sich selbst machte. Er sah zum erstenmal Werke des Maler-Mystikers und romantischen Poeten William Blake, dieses »einsamen und problematischen Genies«. Die Betrachtung dieser Werke war das Schönste, was ihm London zu bieten hatte.

Nach Wien zurückgekehrt, begann Stefan Zweig seinen »Musensitz« auszubauen. Er legte den Grundstock zu seiner Autographensammlung, die zum beinahe sakralen Mittelpunkt seiner Wohnstätte wurde. Die kostbaren Manuskripte großer Dichter und Komponisten, die er im Laufe der Jahre mit liebevollem Eifer zusammentrug, hätten manchem Museum zur Zierde gereicht. Er besaß Handschriften von Goethe, Mozart und Beethoven. Ihm kam es dabei weniger darauf an, museale Werte bei sich aufzustapeln. Er versuchte vielmehr einen unmittelbaren Zugang zum »Geheimnis des Schöpferischen« zu entdecken. Stefan Zweig war zweifellos der Idealtyp eines Sammlers. Noch in seinem Erinnerungsbuch bekennt er sich zu seiner Leidenschaft: »Was ich suchte, waren die Unterschriften unter Entwürfe von Dichtungen oder Kompositionen, weil mich das Problem der Entstehung eines Kunstwerkes sowohl in den biographischen wie in den psychologischen Formen des Übergangs mehr als alles andere beschäftigte. Jene geheimnisvolle Sekunde des Übergangs, da ein Vers, eine Melodie aus dem Unsichtbaren, aus der Vision und Intuition eines Genies durch graphische Fixierung ins Irdische tritt, wo anders ist sie belauschbar, überprüfbar als auf den durchkämpften oder wie in Trance hingejagten Urschriften des Meisters?«
Dienst am Werk der Großen – die essayistische Interpretation – begann für Stefan Zweig mit dem Suchen nach der »Spur von ihren Erdentagen«. Außer den Au-

tographen sammelte er auch Reliquien in Gestalt der von den genialen Menschen gebrauchten Gegenstände. Ihre Federkiele, Leuchter, Möbelstücke sollten die Handschriftensammlung ergänzen. Diese alterswürdigen Dinge waren für ihn mehr als Fetische vergangenen Lebens. Sie versetzten ihn in jene Arbeitsstimmung, die ihn zum einfühlenden Biographen befähigte.

Bis zu seinem zweiunddreißigsten Jahr hat Stefan Zweig fast ausschließlich Arbeiten publiziert, von denen er sich – mit Ausnahme der Übertragungen – später distanzierte. Das gilt auch für sein erstes Drama *Tersites,* das insofern für die Produktion des Dichters symptomatisch scheint, als es einen Schwachen und Unterlegenen zum Helden hat – also nicht den strahlenden Achill, der hier zur Nebengestalt wird, sondern Achills verräterischen Gegenspieler. Das Berliner Königliche Schauspielhaus plante, das Stück aufzuführen, mit dem großen Adalbert Matkowsky in der Rolle des Achill. Die Proben hatten schon begonnen, als kurz vor dem Premierentag Matkowsky schwer erkrankte und bald darauf starb. Das Stück wurde dann abgesetzt. In Wien sollte Joseph Kainz bei der für das Burgtheater vorgesehenen Premiere des *Tersites* die Hauptrolle spielen. Es kam nicht dazu, weil nach einem Wechsel in der Leitung des Burgtheaters der neue Direktor, der Berliner Theaterkritiker Paul Schlenther, der Biograph Gerhart Hauptmanns, Zweigs Stück ablehnte. Kainz, der für den jungen Dichter lebhafte Sympathie empfand, bat ihn, eigens für ihn einen Einakter mit einer Starrolle zu schreiben. So entstand *Der verwandelte Komödiant.* Auch zu dieser Premiere kam es nicht, weil Josef Kainz im gleichen Jahr an einem tödlich ausgehenden Krebsleiden erkrankte.

Der sensible Autor glaubte in den beiden tragischen Ereignissen ein schlechtes Vorzeichen für sich selbst zu sehen und fühlte sich zu weiteren dramatischen Versuchen entmutigt. Der eigentliche Grund ist wahrscheinlich der,

daß er es sich selbst hat eingestehen müssen, kein Dramatiker von Geblüt zu sein. Dennoch hat er sich später auch in diesem Genre noch mehrmals und nicht immer erfolglos versucht.
Stefan Zweig hat – ebenso wie Hofmannsthal – schon in recht jugendlichem Alter publiziert. Sogar das führende Blatt Wiens, *Die neue freie Presse,* hatte Feuilletons von ihm angenommen. Der Chef des Feuilletons, der Zionist Theodor Herzl, hatte die Begabung des jungen Schriftstellers wohl erkannt. Dennoch war Stefan Zweig nicht das, was man einen »Frühvollendeten« nennt. Sein literarisches Engagement war für ihn anfangs kaum mehr als eine noble Passion. Sinn für Qualität war ihm anerzogen, ebenso war er als Angehöriger einer europäischen Familie für seine sprachliche Mittlerrolle prädestiniert. Seine Gedichte erschienen bereits 1906 immerhin im Insel-Verlag, mit dessen Leiter, Anton Kippenberg, ihn Freundschaft und die gemeinsame Sammlerleidenschaft für Handschriften verbanden. Seine Auslandskontakte und seine Kenntnis fremder Literaturen machten ihn bald zum Berater des Verlages, dessen ursprüngliche Exklusivität – Rilke und Hofmannsthal gehörten zu den ersten Autoren – sicherlich nicht zuletzt dank der Initiative Stefan Zweigs von einer kultivierten Weltoffenheit abgelöst wurde. Die außerordentlich volkstümliche Insel-Bücherei entstand aufgrund eines Vorschlages von Zweig. Wertvolles, schön ausgestattetes Literaturgut in drucktechnischer Perfektion in billigen Massenauflagen – das war eine aufsehenerregende Neuheit. Der größte Teil von Stefan Zweigs Produktion ist vom Insel-Verlag veröffentlicht worden, mit ihm gewann er Millionen von Lesern und Verehrern. Erst die Machtübernahme Adolf Hitlers hat dann das Band zwischen Anton Kippenberg und Stefan Zweig, einem der erfolgreichsten Autoren des Insel-Verlages, zerrissen.

Die erste Publikation des Dichters im Insel-Verlag war der Gedichtband *Die frühen Kränze* mit der schönen Titel- und Einbandzeichnung des Graphikers Marcus Behmer. 1907 folgte die Buchausgabe des Trauerspiels *Tersites,* 1911 der erste Band der als Trilogie geplanten Novellensammlung *Die Kette. Erstes Erlebnis* heißt die Novelle, die den ersten Titel gab. Das thematisch Extravagante seiner Novellistik hat dazu beigetragen, den literarischen Erfolg des Dichters zu festigen. Stefan Zweig war mit ihr bereits vor dem ersten Weltkrieg eine profilierte Gestalt der literarischen Öffentlichkeit Wiens. Sein großzügiger Lebensstil, seine Hilfsbereitschaft und seine Anteilnahme für andere hatten ihm schon in jungen Jahren den Ruf eines zuverlässigen Freundes und Geistesgefährten, eines wirklichen Mäzens, eingetragen. Sein Lebensstil in dem eleganten Junggesellenappartement mit den hohen Bücherwänden entsprach in gewisser Weise dem von Lessings *Jungem Gelehrten,* des vornehmen Jünglings mit geistigen Passionen, dem alle Plackerei des Alltags erspart blieb. Sogar ein alter Diener, wie ihn Lessing seinem verwöhnten Jüngling beigab, war in Stefan Zweigs Haushalt anzutreffen. Er erledigte für seinen Herrn alle Wege, auch die zu den Bibliotheken. Die Sicherheit der äußeren Existenz schien wie für die Ewigkeit geschaffen. Besitz und Kultur gehörten zusammen wie siamesische Zwillinge. Man trug »Bildung« innerhalb einer sozialen Oberschicht, die geistige Ambitionen nicht immer nur als Luxus, sondern auch als Lebensziel betrachtete.
»Reisen bildet« – das war die Losung jener exklusiven Kreise, und dieser Parole folgte der Dichter immer wieder. In seinen Erinnerungen nennt er es »neugieriges Wandern und Zigeunern!« Nach Aufenthalten in Frankreich, Belgien, den Niederlanden und England reiste er mehrmals nach Übersee. Doch immer ging der junge Weltmann seine eignen oft seltsamen Wege und Neben-

wege. In New York fühlte er sich gedrängt, sich einmal in die Rolle eines mittellosen Einwanderers zu versetzen, und studierte die Stellenanzeigen, er stellte sich vor und war hochbefriedigt, zu erfahren, daß er in einer Buchhandlung hätte Gehilfe werden können.

Zog es ihn gelegentlich zu denen, die unten leben, so pflegte er dann wieder – nach Hause zurückgekehrt – Korrespondenz und persönliche Begegnungen mit den führenden Köpfen der Zeit, stets mit dem Blick über die österreichische Heimat hinaus. Dabei waren ihm die Bekannten, die ihn zur Literatur hinlenkten, weniger wichtig als die, »die ihn weglenkten zur Wirklichkeit«. In seinen Erinnerungen gedenkt Stefan Zweig seiner Gespräche mit Schnitzler, Hauptmann, Dehmel, Pirandello, Wassermann, Schalom Asch. Anatole France erzählte ihm galant-unanständige Histörchen. Wollte man untersuchen, welche zeitgenössischen Autoren den auf der Suche nach sich selbst Befindlichen mehr als nur »angeregt« hätten, so ist – außer der frühen Begegnung mit Verhaeren – ein bestimmter Einfluß durch einen Lehrmeister oder ein Vorbild bei Stefan Zweig schwer aufzufinden. Hat der vielfältig angeregte Dichter den Ton der Schwermut angeschlagen, so schwingt ein Melos mit, das dem Hofmannsthals ähnlich ist. In der Wahl seiner novellistischen Motive, mit ihren speziellen erotischen atmosphärischen Stimmungen, nähert er sich der Prosa Arthur Schnitzlers. In seiner Formgebung hat er manche seiner Vorbilder bei den Franzosen und Belgiern gefunden.

Wesentlicher Motor seines literarischen Schaffens war und blieb für ihn der Kontakt mit Menschen, ein humanes Ethos und ein wahrhaft liberales Europäertum. In diesem Geiste korrespondiert er mit vielen Persönlichkeiten von übernationalem Rang: mit dem Grafen Hermann Keyserling, Walter Rathenau, Paul Valery und später mit Romain Rolland. Zu seinen engeren

Freunden gehörten Frans Masereel und Ellen Key, die schwedische Essayistin.
Walter Rathenau – Stefan Zweig hat ihn als »weltseitigen Kaufmann und Ideenpolitiker« trefflich charakterisiert – riet dem jungen Literaten, eine Reise um die Welt zu machen. Romain Rolland, den er schon vor dem Ersten Weltkrieg in seiner Pariser Einsiedelei besucht hatte, bestärkte ihn in seinem Idealismus und in seinen Sympathien für den Pazifismus. Die Lektüre Freuds, zu einer Zeit, als die Psychoanalyse noch nicht Allgemeingut war, wirkte unmittelbar auf seine novellistische Prosa.
Die äußeren Lebensumstände Zweigs waren durchaus geeignet, ihn zu einem genußfrohen Epikuräer zu machen. Er hätte sich damit begnügen können, als Förderer der Künste einen literarischen Salon zu unterhalten, einen bürgerlichen Musensitz. Seine künstlerische Produktion war bald – im Gegensatz zu der vieler seiner Jugendgefährten – nicht nur ästhetisch motiviert. Es ging ihm nicht in erster Linie um formale Probleme, nicht um l'art pour l'art, er schrieb, weil er etwas aussagen mußte, befeuert durch seinen humanen Protest gegen die doppelte Moral seiner eigenen gesättigten Umwelt.
Die Novellen des ersten Prosabuches, zu dem er sich auch später bekannt hat, sind mehr als feinsinnige Studien über Pubertätskonflikte, sie sind ernsthaft begründete Anklagen gegen eine jugendfeindliche Erziehung, gegen das Schweigen und die Unaufrichtigkeit, mit der die damalige Erwachsenengeneration über die Entwicklungskrisen ihrer sonst so wohlbehüteten Kinder hinwegging. Der junge Erzähler bekannte sich zum Geist der pädagogischen Reformen, wie er vor allem in der damals epochemachenden Schrift von Ellen Key *Das Jahrhundert des Kindes* zum Ausdruck kam.
»Die Geschichten aus Kinderland«, wie der Untertitel der Erzählungen von *Erstes Erlebnis* heißt, eröffneten

einen Themenkreis, der ihn fast zwei Jahrzehnte beschäftigte. Es folgten 1922 *Amok* – Novellen einer Leidenschaft – und 1927 *Verwirrung der Gefühle.*

In der österreichischen Literatur hat Schnitzler wohl als erster das Sexuelle als treibende Kraft im menschlichen und gesellschaftlichen Leben entdeckt. Was indes den kühlen Artisten der Sprache, den fast zwei Jahrzehnte älteren Schnitzler, von Stefan Zweig unterscheidet, ist die künstlerische Distanz, mit der er in seiner novellistischen Sexualpsychologie Liebe, Tod und Spiel behandelt, während Stefan Zweig, episch weniger differenziert, Partei nimmt, allerdings mit einer nicht so sehr gesellschaftskritischen wie humanitären Absicht. Er identifiziert sich in seinen Novellen – darin in der philanthropischen Tradition des 19. Jahrhunderts bleibend – stets mit dem Schwächeren, in erster Linie mit dem Kinde. In der bekanntesten und mehrfach verfilmten Erzählung *Brennendes Geheimnis* gibt Stefan Zweig in der Gestalt des kleinen Edgar eine feinfühlige Seelenstudie der Vorpubertät. In dem realistisch exakt gezeichneten Milieu wohlhabender Bürgerlichkeit erfährt ein Zwölfjähriger die erste große Enttäuschung seines Lebens. Kindlich unwissend, nimmt der kleine Edgar an dem beginnenden Liebesabenteuer seiner Mutter teil, aber in jäh aufflammender Erkenntnis verhindert er ihren Ehebruch. Auch in den anderen Erzählungen, wie in der Titelnovelle *Erstes Erlebnis,* spürt Zweig dem Aufdämmern des Triebes nach, dem ersten Bewußtwerden des Geschlechtlichen, das noch von einem Hauch reiner Kindlichkeit durchweht ist. Eines seiner schönsten Gedichte hat der Erzähler seinem Bande anstelle eines Mottos beigegeben.

Kindheit, wie ich hinter deinen Gittern
Du enger Kerker, oft in Tränen stand
Wenn draußen er mit blau und goldnen Flittern
Vorüberzog, der Vogel unbekannt.

O Nächte Ungeduld, da sich die Hand
am Riegel wundriß – schon fühlte ich das Zittern
Verfrühter Wünsche mir im Blut gewittern
Bis ich ihn brach und frei die Ferne fand!

Kaum daß ich blickte, war ich schon entsprungen
Mein war die Welt! In hundert heißen Schauern
Verlor sich das verbreiterte Gefühl.

Und doch Entsinnen bringt mir oft Bedauern!
O süße Angst der ersten Dämmerungen
O könnt ich heim! Wie war ich rein und kühl!

Freunde

Im Sommer 1912 lernte Stefan Zweig Frau Friderike von Winternitz kennen, seine spätere Frau, die ihm bis zu seiner Emigration eine selbstlose Gefährtin und Mitarbeiterin war. Friderike von Winternitz, die durch ihre erste Ehe der österreichischen Beamten-Aristokratie angehörte, war eine musisch veranlagte, innerlich reiche und vielseitig talentierte Persönlichkeit, in mancher Hinsicht lebensklüger und realistischer denkend als ihr den praktischen Dingen abgewandter, schöngeistiger Freund und späterer Gatte. In ihrem Erinnerungsbuch *Stefan Zweig – Wie ich ihn erlebte* schildert sie die luxuriös-kultivierte Umwelt des jungen Literaten. Was sie von dem jungen Stefan Zweig berichtet, ist nicht nur biographisch, sondern auch kultursoziologisch merkwürdig:

»Sein Heim war angefüllt mit Büchern. In einem schmalen, langen Raum, der auf eine Terrasse mündete, reichten die Regale bis zur Decke. Die Küche wurde als Registratur benutzt und beherbergte zahlreiche Schachteln mit Briefen, Ausschnitte der in Zeitungen erschienenen Novellen und Artikel und die schon damals reichhaltige Sammlung der Autographenkataloge. Zu seiner Hilfe hatte er stundenweise eine mütterlich-umsichtige Sekretärin und den ältlichen Diener. Dieser war zuvor bei einem lahmen General in Stellung gewesen, und vergessend, daß sein neuer Herr um vier Jahrzehnte jünger war, verwöhnte er ihn über die Maßen. Stefan brauchte sich um praktische Dinge überhaupt nicht selbst zu bekümmern: er durfte das Tägliche vollkommen vergessen. Allerdings brachte das bei dem sonst so Freien eine gewisse Abhängigkeit mit sich, die später einen empfindlichen Einfluß übte. Diener und Sekretärin waren das einzige, was in diesem recht einfachen Heim Wohlstand verriet; nur dem Kenner fiel die Kostbarkeit der verblaßten Zeichnungen an den Wänden, von denen einige von Goethes Hand stammten, auf. Der schöne King John von William Blake und die gerahmte Handschrift des Goetheschen Mailieds hingen wie von ungefähr an der Wand. Diese beiden herrlichen Stücke gehörten damals schon zu einer reichen Sammlung, die dann von Jahr zu Jahr erlesener ward. In Stefan Zweigs ganzer Lebensweise war eine Flucht aus dem Alltäglichen zu Leistung und Größe unverkennbar.«

Die Jahre bis zum Ausbruch des Ersten Weltkriegs waren für Stefan Zweig im wesentlichen Jahre der Vorbereitung, des Lernens und Dienens für das, was er das »Besondere und Verpflichtende seiner Natur« nannte, wie es sich dominierend in seiner Treue zu Emile Verhaeren äußerte.

Stefan Zweigs erste kleine Essays entstanden oft aus Einleitungen wie die zu seinen Übertragungen von Verlaine und Rimbaud. William Blake war der erste Engländer, dem er einen Essay widmete. Noch in die Zeit vor dem Ersten Weltkrieg fallen die Entwürfe zu seinen ihn jahrzehntelang beschäftigenden Arbeiten über Balzac, Dickens und Dostojewski. Der Band erschien erst nach dem Kriege unter dem Titel *Drei Meister.* Stefan Zweig besaß in reichem Maße die Eigenschaften, die einen hervorragenden Biographen ausmachen: eine rastlose geistige Neugier, den Antrieb, in Höhen und Tiefen nach Grenzsituationen des Menschlichen zu forschen – »bis ins Exotische und Gefährliche«, wie er selbst bekannte.

War er am Beginn seiner Laufbahn ein vorwiegend nachschaffender und interpretierender Literat österreichischer Prägung – das Österreichische umschloß ja von vornherein ein europäisches Element –, so reifte er wäh-

rend der Jahre des Ersten Weltkrieges, als Europa sich selbst zerfleischte, zum wahrhaften, das heißt zum tätigen Weltbürger, zum »guten Europäer« im konkreten Sinn des später leider abgebrauchten Wortes. Und er blieb Europäer, während so viele der geistigen Repräsentanten ihrer Nationen von einem blindwütigen Nationalismus mitgerissen wurden. Auch das Idol seiner Jugend, Emile Verhaeren, zählte zu den Fanatikern des Chauvinismus. Die freundliche Bürgerwelt eines verfeinerten Lebensgenusses und eines gemeinsamen Kulturbewußtseins hatte sich jäh in ein Tollhaus verwandelt. Stefan Zweig litt heftig darunter, und es bedeutete ihm einen großen Trost, daß in diesen düsteren Jahren »die erste tiefe Liebesfreundschaft« zu einem zunächst freien Bündnis »ohne übliche Behinderung des Alltags geworden war«, wie seine Gefährtin Friderike berichtet. (Die Verbindung der beiden Liebenden konnte aus formalrechtlichen Gründen erst kurz nach Kriegsende legalisiert werden.)
Ein merkwürdiger Umstand im Leben Stefan Zweigs darf indessen nicht verschwiegen werden. Friderike Zweig, die Verehrerin der Friedensfreundin Bertha von Suttner, erzählt von der Sorge, die ihr der Dichter bereitete, als er sich 1914 freiwillig zur k. und k. Armee melden wollte. Vielleicht trieb ihn dazu ein Gefühl der Schicksalsverbundenheit mit den Gefährten seiner Jugend, vielleicht hatte ihn eine gefährliche Untergangsstimmung ergriffen. Stefan Zweig hatte in seinem Leben nicht einmal kurze Zeit Militärdienste leisten müssen, und die Besorgnisse Frau Friderikes, daß er den Strapazen eines Feldzuges niemals gewachsen sei, waren nur allzu berechtigt. Im übrigen erklärte man bei der Musterung Stefan Zweig wegen einer vernarbten Verletzung an einer Rippe für untauglich. Doch glaubten die Militärbehörden nicht, auf seine Dienste verzichten zu können. Wie die meisten bekannten österreichischen Schrift-

steller, gelangte Zweig als »Dienstverpflichteter« in das Kriegsministerium. Er arbeitete im Kriegsarchiv und im Kriegspressequartier. Dort gab das österreichische Oberkommando die kriegspropagandistische Zeitschrift *Donauland* heraus und – als besonders werbekräftiges Erzeugnis – ein vaterländisches Prachtalbum *Österreich-Ungarn in Waffen!* Alfred Polgar, gleichfalls im Kriegspressequartier beschäftigt, soll diese Veröffentlichung ironisch umgetauft haben, indem er das a in Ungarn in ein e verwandelte. Ein anderer »Kriegskamerad« Stefan Zweigs war sein behördlicher Vorgesetzter und Freund, der Musikschriftsteller und Schubert-Biograph Paul Stefan – und kurze Zeit kein geringerer als Rainer Maria Rilke, von dem sein Dichterfreund Zweig berichtet, sein Schreibtisch im Kriegsarchiv sei »ein Schaustück peinlicher Ordnung« gewesen. Mit ihrer milden Behandlung der Intellektuellen bewiesen die Militärbehörden der Donaumonarchie mehr Respekt vor der Literatur als die des Deutschen Reiches. Trotz der urbanen Atmosphäre in Wiener Militärschreibstuben muß der Dienst für die zarten Nerven der österreichischen Schöngeister eine harte Probe gewesen sein. Dafür ist eine Erinnerung Zweigs kennzeichnend:
»Eines Tages klopfte es an meine Tür. Ein Soldat stand ziemlich zaghaft da. Im nächsten Augenblick erschrak ich: Rilke – Rainer Maria Rilke in militärischer Verkleidung! Er sah so rührend ungeschickt aus, beengt von dem Kragen, verstört von dem Gedanken, jedem Offizier die Ehrenbezeugung mit zusammengeklappten Stiefeln erweisen zu müssen. Und da er in seinem magischen Zwang zur Vollendung auch diese nichtigen Formalitäten des Reglements vorbildlich genau ausführen wollte, befand er sich in einem Zustand fortwährender Bestürztheit. ›Ich habe‹, sagte er mir mit seiner leisen Stimme, ›dieses Militärkleid seit der Kadettenschule gehaßt. Ich glaubte ihm für immer entkommen zu sein. Und jetzt

noch einmal, mit fast vierzig Jahren!‹ Glücklicherweise waren hilfreiche Hände da, ihn zu schützen, und er wurde bald dank einer gütigen medizinischen Untersuchung entlassen. Noch einmal kam er, um Abschied zu nehmen – nun schon wieder im Zivilkleid – in mein Zimmer, ich möchte fast sagen hereingeweht (so unbeschreiblich lautlos ging er ja immer). Er wollte mir noch danken, weil ich durch Rolland versucht hatte, seine in Paris beschlagnahmte Bibliothek zu retten. Zum erstenmal sah er nicht mehr jung aus, es war, als hätte das Denken an das Grauen ihn erschöpft. ›Ins Ausland‹, sagte er, ›wenn man nur ins Ausland könnte! Krieg ist immer Gefängnis.‹ Dann ging er. Ich war nun wieder ganz allein.«

Stefan Zweig hat sich während des Krieges die Stimme seines freien Gewissens bewahrt. Er distanzierte sich von den Überpatrioten, die, selbst in Sicherheit, zusahen, wie andere litten, und inzwischen eifrig kriegerische Durchhaltegesänge und -schriften verfaßten. Zweig bemühte sich dagegen, mitten im Kriege, die geistigen Bande mit den Kosmopoliten und Kriegsgegnern im anderen Lager jenseits der Grenzen neu zu knüpfen. Wo und wann es ihm irgend möglich war, protestierte er gegen das Völkermorden. Er handelte nach dem Wort seines im dritten Kriegsjahr verfaßten Dramas *Jeremias.* »Denn wer nicht einsteht mit dem Leben für sein Wort, des Rede ist Rauch ...«

Er verfaßte, ohne Hoffnung, gehört zu werden, einen Artikel, gerichtet »An die Freunde im Fremdland«. Er schlug vor, bei erster Gelegenheit wieder gemeinsam am Aufbau einer europäischen Kultur zu arbeiten. Er sandte, von seinem Mißerfolg überzeugt, seinen Aufsatz an das »Berliner Tageblatt«. Zu seiner Überraschung druckte die liberale Zeitung den Artikel ab. Nur eine Stelle wurde gestrichen, ein Satz, der einen Zweifel des Verfassers am deutschen Siege enthielt. Zu seiner großen Freude konnte Stefan Zweig schon nach zwei Wochen eine Antwort von jenseits der Grenzen erhalten. Eine Resonanz, die ihm besonders wertvoll war. Aus der Schweiz antwortete ihm ein französischer Freund mit der Versicherung: »Non, je ne quitterai jamais mes amis.« Es war Romain Rolland, nunmehr Emigrant im neutralen Lande, einer der aktivsten Helfer des Roten Kreuzes und Mitarbeiter des Komitees, das für die Korrespondenz und den Austausch von Kriegsgefangenen sorgte. Zu den Obliegenheiten dieses Komitees gehörten auch die Nachforschungen nach Vermißten der kriegsführenden Länder, also das, was man heute einen »Suchdienst« nennen würde.

Stefan Zweig hatte den großen Menschenfreund und Verfasser des *Jean Christophe* noch kurz vor dem Aufflammen des Weltbrandes in Paris kennengelernt. Jetzt wurde der Freundesbund erneuert. Zweig schreibt – bewegt noch im Erinnern: »Dieser Brief war einer der großen Glücksmomente in meinem Leben: wie eine süße Taube kam er aus der Arche der brüllenden, stampfenden, tobenden Tierheit.« Schon während des Krieges mag in ihm der Wunsch entstanden sein, die Biographie des Mannes zu schreiben, der in jenen Jahren das moralische Gewissen Europas verkörperte.

Fernab allem formalen Ehrgeiz schrieb Stefan Zweig, von den Ereignissen bewegt, seine dramatische Dichtung *Jeremias.* Sie erstrebte zweierlei: ein Gleichnis zu geben für die Qual der Zeit und die Besinnung auf das jüdische Schicksal.

Das Drama wurde im Februar 1918 in Zürich aufgeführt. Der Dichter wird zum düsteren Propheten und Warner. Mit Jeremias sah Stefan Zweig in der Niederlage eine Möglichkeit für die Rettung des Geistes. Jeremias verwarf das Ringen nach Sieg. Das Drama übertraf an Wortkultur und Stimmungswerten die meisten der pazifistischen Tendenzstücke des Ersten Weltkrieges, doch war es strenggenommen kein Bühnenstück, getragen von innerer und äußerer Spannung, es war eher ein hymnischer Gesang mit verteilten Rollen, ein Bekenntnis zum Propheten des Untergangs, zum Rebellentum aus innerer Berufung. Wie Jeremias verflucht auch der sich mit seinem Helden identifizierende Dichter den »heiligen Krieg«. Es entsprach der maßvollen Gesinnung des Autors, daß er den Gegenspieler, König Nebukadnezar, nicht haßverzerrt darstellte. Wenn der Dichter den alttestamentarischen Propheten in den Augen der Mehrheit seiner Landsleute als »Narr und Verräter« erscheinen läßt, so ergaben sich dabei für ihn Parallelen zur dunklen Gegenwart und zur eigenen Stellung in der Kriegs-Gesellschaft. Dennoch wäre es falsch, in Jeremias, wie ihn Zweig deutet, einen Defätisten des anderen Extrems zu sehen, er ist kein pathetischer Phrasenheld des Pazifismus. Als Seher fühlt er sich nur als ein demütiges Werkzeug göttlicher Prüfung: »Mit meinem Leibe wider den Krieg, mit meinem Leben für den Frieden.«

Zwar gelang es dem sich als Dramatiker versuchenden Epiker, eine großen Konflikt der Seelen zu bannen, aber seinem Stück ermangelt es an einem straffen Aufbau. Die Kontraste der Gestalten bleiben auf das Ideelle beschränkt, es fehlt die dramatische Entwicklung. Beherrschend ist die rhetorische Lyrik der Hauptfigur. Die Gegenspieler sind schattenhaft blaß. Das Drama bleibt im Monologischen stecken. Das leidenschaftliche Pathos der Rede ist stärker als das Melos des schwingenden Wortes.

Zweigs Stärke basiert auf der Aussage, auf der Reinheit seiner Motive. Das unterscheidet ihn von der meist dunklen, mitunter wirren Wortmusik der Expressionisten, die einem ekstatischen Gefühl Ausdruck geben, einer Menschheitsvision ohne deutlich markierte Tendenz. Stefan Zweig bezieht sein Gedankendrama auf eine konkrete historische Situation, die er mit der Ge-

genwart konfrontiert: Israel wird durch die Prüfung zu neuer geistiger Kraft gestählt:
»Man kann das Unsichtbare nicht besiegen! Man kann Menschen töten, aber nicht den Gott, der in ihnen lebt. Man kann ein Volk bezwingen, doch nie seinen Geist.«
Mit diesen seherischen Worten hat Stefan Zweig nicht nur des Friedenswillens der geistigen Elite Europas während der ersten Kriegskatastrophe des Jahrhunderts gedacht, sondern zugleich das noch schwerere Schicksal seines eigenen Stammes vorausgeahnt.
Das 1918 bereits kriegsmüde Österreich gewährte dem Dichter die Ausreise in die Schweiz, damit er bei der Premiere des *Jeremias* anwesend sein konnte. Kennzeichnend für die veränderte Haltung der untergehenden Habsburger Monarchie war, daß der österreichische Gesandte in Bern zur Premiere erschienen war. In Zürich findet Stefan Zweig eine »Urzelle künftiger internationaler Gemeinschaft«. Die Schweiz war damals das Refugium der deutschsprachigen pazifistischen Schriftsteller. Er traf dort Fritz von Unruh, Leonhard Frank, René Schickele, Otto Flake, Ludwig Rubiner und den Deutsch-Franzosen Iwan Goll. In Genf hatten sich um Romain Rolland die französischen Freunde gesammelt. Genf war das Zentrum der europäischen Friedensbewegung in ihrer politisch organisierten Form. Stefan Zweig traf im Hause Rollands in der Villa Olga außer dem französischen Nobelpreisträger selbst seine Familie, seine Schwester Madeleine, die als Antoinette im *Jean Christophe* porträtiert ist. Rollands Freund und Verleger René Arcos und seine Frau hatten gleichfalls Zuflucht in der Schweiz gefunden. Der bedeutendste Autor Arcos' war Stefan Zweigs Freund Frans Masereel, der belgische Holzschneider und kämpferische Pazifist, der gleichfalls auf abenteuerliche Weise in die Schweiz gekommen war. Auch die anderen Flüchtlinge waren großenteils illegal über die Grenze gelangt. Eini-

ge hatten den Genfer See durchschwommen. Die junge Gattin Arcos' war, auf einer Wiese im französischen Savoyen Blumen pflückend, buchstäblich über die »grüne« Grenze gegangen. Aus dieser kleinen tapferen Schar ging dann der Mitarbeiterkreis der in Genf erscheinenden pazifistischen Zeitungen und Zeitschriften *Feuille* und *Demain* hervor.

Die Wochen und Monate in der Oase des Friedens, die Erzählungen der Flüchtlinge haben Stefan Zweig zu einer seiner schönsten Erzählungen angeregt: *Der Flüchtling.* Die Novelle, im Grunde nur eine Kurzgeschichte, erschien später als Sonderdruck unter dem »literarischer« klingenden, aber weniger treffenden Titel *Episode vom Genfer See.* In ihr schildert der Dichter das Schicksal eines russischen Soldaten, der mit einer Hilfsdivision der zaristischen Armee nach Frankreich geschickt worden war. Unbezwingliches Heimweh hatte den einfachen Menschen, einen jungen sibirischen Bauern, zur Fahnenflucht getrieben. In der trügerischen Hoffnung, auf diese Weise die verlorene Heimat zu erreichen, hatte er den Genfer See durchschwommen und war von Schweizer Fischern nackt und erschöpft aus dem See gezogen worden. Als der Russe erfuhr, es gäbe auch in der Schweiz keine Möglichkeit, heimzugelangen, ging er, von niemandem bemerkt, in den Tod.

Ein tolstoianischer Zug geht durch diese Geschichte, die mit den folgenden Sätzen schließt: »Ein Protokoll wurde über den Vorfall aufgenommen und, da man den Namen des Fremden nicht kannte, ein billiges Holzkreuz auf sein Grab gestellt, eines jener kleinen Kreuze über namenlosem Schicksal, mit denen jetzt Europa bedeckt ist von einem Ende bis zum andern.«

Bereits während des Krieges begann Stefan Zweig das Lebensbild von Romain Rolland zu gestalten. (Die Biographie erschien 1919; 1926 in einer erweiterten Auflage.) Es ist ein Buch des Dankes und der Hoffnung auf ein neues, einiges Europa als »heiliger Hain«. Stefan Zweig hat das Leben Rollands, im Gegensatz zu manchen anderen der von ihm verfaßten literarischen Porträts, zwar enthusiastisch, doch ohne Konzessionen an das Gefällige geschrieben. Dieses asketische, ganz der Hingabe an eine große Idee zugewandte Leben bot ja auch kaum Anlaß zu anekdotischen Pointen und sensationellen Enthüllungen. Insofern darf man die Schrift des Biographen als einen Akt der Selbstlosigkeit betrachten. Jede Zeile ist von der Liebe zu einem edlen Menschen diktiert, einem Menschen – keinem Heros.

Der Leser sieht den Dichter und Ideenpolitiker Rolland nicht aus der Perspektive eines aus zweiter Hand und fremden Quellen schöpfenden Autors, sondern aus der bewegenden Sicht eines Freundes und Schülers. Grundlage der Biographie ist nicht nur das gemeinsame Erlebnis von Villeneuve am Genfer See, sondern auch die Erinnerung an die Gespräche, die der Jüngere mit dem zarten, von angestrengter Arbeit ausgezehrten Schöpfer des *Jean Christophe* 1914 in Paris gehabt hatte. Etwa gleichzeitig mit der Biographie entstand die Übersetzung Zweigs von Rollands großem Friedensbekenntnis, des Romans *Clerambault,* der »Geschichte eines freien Gewissens im Kriege«. Zweigs Rolland-Biographie ist das bis heute wichtigste Buch über den französischen Schriftsteller und Menschenfreund. Wichtig auch deshalb, weil Stefan Zweig eingehend die innige Beziehung behandelt, die Romain Rolland mit einem wesentlichen Bestandteil deutscher Kultur verbunden hat, mit der »die Grenzen der Nationen überwachsenden Musik«. Nach dem Urteil Hermann Hesses, der dem Kreise der Friedensfreunde während des Ersten Weltkrieges nahestand, ist Zweigs Bildnis Rollands ein »schönes, aus Liebe und Ehrfurcht entstandenes Buch«. Wenn Stefan Zweig der geistigen Begegnung Rollands mit Tolstoi breiten Raum widmet, so geschah das aus dem Gefühl

der Bewunderung, die auch der jüngere Freund Rollands für den russischen Weltbeweger empfand. Allein schon mit dieser Biographie hat sich Stefan Zweig den Empfängern und Fortsetzern der großen humanistischen Tradition des 19. Jahrhunderts angereiht, eine Stimme gegen den Haß, ein Glaubenszeuge des Friedens.
Wir erkennen in der Darstellung Rollands nicht nur den literarischen Wegbereiter der deutsch-französischen Versöhnung, den Dichter der idealistischen Romane der Freundschaft zwischen Deutschen und Franzosen, wir sehen in dem Franzosen das geistige Grunderlebnis der deutschen Musik innerhalb des romanischen Kulturkreises. Zweig hat das Messianische an Rolland geliebt, vielleicht, weil ihm, dem ein wenig Zivilisationsmüden, nicht die gleiche vertrauende Kraft der Menschenliebe gegeben war. Stefan Zweig war schon durch seine Abstammung und seine Umwelt eher Pessimist als gläubiger Utopist. Gegensätze ziehen sich an – die alte psychologische Erkenntnis der Franzosen bewahrheitete sich an der Freundschaft zwischen Rolland und Zweig. Der Individualist und Eigenbrödler hat mit seiner Lebensbeschreibung Rollands der Überzeugungskraft eines ethisch streng gebundenen Menschen seinen ehrfürchtigen Tribut dargebracht.

Vor dem Sturm

Im Frühjahr 1919 kehrte Stefan Zweig nach Österreich zurück – wie er später feststellt: »... vom Standpunkt der Logik das Törichtste, was ich nach dem Niederbruch der deutschen und österreichischen Waffen tun konnte.« Es ist nicht so schwer zu erraten, was ihn dazu bewegt haben mochte. Obschon aus Einsicht und Überzeugung Europäer, war Stefan Zweig sicherlich im tiefsten Grunde seines Wesens ein liberaler Österreicher geblieben. Ja, er war in seinem Herzen mehr Patriot, als er es jemals eingestanden hat. Ihn banden Traditionen und Erinnerungen – vielleicht sogar ein melancholisches Sentiment – an die Ruine des Habsburger Reiches. In seinen Erinnerungen gedenkt er des historischen Augenblicks, den er, mit dem Zuge in die Heimat zurückkehrend, auf der Schweizer Grenzstation Buchs erlebte. Von der österreichischen Seite her näherte sich ein Salonzug: Kaiser Karl verließ mit seiner Gemahlin, Kaiserin Zita, seiner Familie und einigen Getreuen seines Hofstaates das Land seiner Väter. Der Dichter war von der Szene erschüttert, besonders, als er hinter den Scheiben des Salonzuges den Exkaiser wahrnahm, der immerhin versucht hatte, einen Sonderfrieden zu schließen und Österreich aus dem Ersten Weltkrieg herauszuziehen. Stefan Zweig begab sich nicht nach Wien zurück, in die damals armselige und heruntergekommene Hauptstadt, die noch eine kurze Nachblüte ihrer großen Zeit erleben sollte – bis zu ihrem Fall in die nazistische Barbarei.
Die neue Wahlheimat Zweigs war Salzburg. Dort hatte er sich ein auf dem Kapuzinerberg gelegenes barockes Schlößchen gekauft, einen ehemaligen Besitz der Fürstbischöfe. Das Schloß befand sich in völlig verwahrlo-

stem Zustand, und es dauerte längere Zeit, ehe es wieder hergestellt war und dem Dichter eine Heimstätte gewährte, die seinem Sinn entsprach, der damals schon mehr der Vergangenheit als der Gegenwart zugewandt war. Das feierlich-altmodische Ambiente einer aristokratischen Residenz bot ihm den rechten Rahmen für seine immer umfangreicher werdenden Sammlungen von Kunstwerten, Antiquitäten und kostbaren Handschriften. Prunkstück war Beethovens Schreibtisch, den er auf einer Auktion erworben hatte. Lebensgewohnheiten und Arbeitsstil Zweigs – so wie er sie selbst in seinen Memoiren schildert – lassen ihn als einen in mancher Hinsicht konservativen Menschen erscheinen, als einen geradezu verstörten Gegner der Kunsttendenzen und der neuen gesellschaftlichen Lebensformen der ersten Nachkriegsjahre, die mit politischen und wirtschaftlichen Umwälzungen viele Werte in Frage stellten. Aber diese überkommenen Werte waren dem sonst so weltoffenen Europäer teuer geworden, und zu ihnen gehörten nun einmal die monarchistische Staatsform Österreichs und eine großbürgerliche Lebensweise. Kennzeichnend für die in seinem Wesen wurzelnden konservativen Neigungen ist die in jenen Jahren entstandene Novelle *Die unsichtbare Sammlung.* In dieser Episode aus der Inflationszeit zeichnet Stefan Zweig mitfühlend einen Idealtypus des alten Bürgers, einen durch die Inflation verarmten Mann »von Besitz und Bildung«. Mit brüderlicher Sympathie charakterisiert der Dichter das Verstiegene und Verschrobene eines leidenschaftlichen Sammlers, der – völlig erblindet – in der Illusion lebt, noch im Besitz der kostbaren Radierungen und Kupferstiche zu sein, die seine Familie verkauft hat und von denen nur noch die Passepartouts, die äußeren Umrandungen, existieren.

Für den Dichter bedeutete die Sammelleidenschaft zweifellos mehr als ein nobles Steckenpferd. Zwischen seinen schönen alten Möbeln, inmitten kostbarer Gemälde, Autographen und Büchern mochte er sich leichter in die vorbereitende Stimmung versetzen, die ihn befähigte, als Meister des dichterischen Essays, den hervorragenden wie den fragwürdigen Gestalten der Geschichte nahe zu sein und sie lebendig werden zu lassen. Die Lage seines Hauses sicherte ihn gegen manchen störenden Faktor der Gegenwart ab. Es stand auf der Höhe eines Terrassengartens, der nur über einen steilen Stufenweg zu erklimmen war und manchen lästigen Besucher fernhielt. Dem Erinnerungsbuch des Dichters ist zu entnehmen, daß ihn dort ein Gefühl maßvoller und beinahe behaglicher Resignation erfüllte. Es war eine Atempause auf dem Weg zu neuen Erfolgen:

»Somit hieß es noch einmal beginnen und abwarten, bis die ungeduldige Welle all dieser ›Ismen‹ rückwärts lief, und für dieses Sich-Bescheiden kam mir mein Mangel an persönlichem Ehrgeiz förderlich zugute. Ich begann die große Serie der ›Baumeister der Welt‹ gerade um der Gewißheit willen, damit Jahre beschäftigt zu bleiben, ich schrieb Novellen wie *Amok* und *Brief einer Unbekannten* in völlig unaktivistischer Gelassenheit. Das Land, die Welt um mich begannen allmählich in Ordnung zu kommen, so durfte auch ich nicht mehr zögern; vorbei war die Zeit, wo ich mir vortäuschen konnte, alles, was ich beginne, sei nur provisorisch. Die Mitte des Lebens war erreicht, das Alter der bloßen Versprechungen vorüber; jetzt galt es, das ›Verheißene‹ zu bekräftigen und sich selbst zu bewähren oder sich endgültig aufzugeben.«

In einem Aufsatz, der in der Zeitschrift *Inselschiff* erschien, hat Stefan Zweig die praktische Bedeutung der Kenntnis alter Autographen für seine Lebensbeschreibung am Beispiel von Manuskripten und Korrekturfahnen Balzacs erläutert: »Denn alle die geheimnisvollen Zwischenstadien der werdenden Form, der allmählichen Gestaltung, die sonst im Unsichtbaren sich vollzieht ...

hier sind sie schwarz auf weiß chronologisch und psychologisch festgehalten, und jedes dieser Schriftbücher ist nicht nur ein persönliches Dokument zur Arbeitsweise Balzacs, sondern überhaupt zum Vorwurf, das Ringen um die epische Form von der Genesis bis zur Schöpfung.« Immer war das Hauptziel seines biographischen Vortastens, »nachgestaltend im anderen Element eine Typologie des Geistes zu formen«.

Wenn er in seinem Buche *Drei Meister* Balzac, Dickens und Dostojewski als die bedeutendsten Epiker des 19. Jahrhunderts anerkennt, begründet er das damit, daß sie »enzyklopädische Genies« gewesen seien und einen ganzen Kosmos aufgebaut hätten. Jede ihrer Figuren sei so sehr mit dem Wesen ihres Schöpfers imprägniert worden, daß sie nicht nur für ihn typisch gewesen seien, sondern auch für uns selbst: »Mit jener Eindringlichkeit bekräftigt, die uns dann oft dazu verlockt, Geschehnisse und Personen nach ihnen zu benennen, so daß wir von Menschen im lebendigen Leben etwa sagen, eine balzacsche Figur, eine Dickensgestalt, eine Dostojewskinatur.« Ein Jahrzehnt war Zweig mit seinem ersten biographischen Zyklus, dem aus der Welt der Literatur, beschäftigt. Als zweiter Band erschien *Der Kampf mit dem Dämon.* Er enthält die Bildnisse von Hölderlin, Kleist und Nietzsche. Auch mit diesen Porträts spürt der Essayist dem Außergewöhnlichen, dem »Übermenschlichen und Genialen« nach. Bei allem fleißigen Quellenstudium und allem Bemühen, psychologisch zu analysieren, maß Stefan Zweig dennoch der einfühlenden Interpretation und Intuition besondere Bedeutung bei. »Nicht aus Dokumenten, sondern einzig aus wissender Liebe läßt sich ein Schicksal gestalten«, stellt er in seinem Versuch über Dostojewski fest. Dieser Satz ist gleichsam das Motto seines biographischen und monographischen Forschereifers. In seinem letzten, gleichfalls vorwiegend literarischen Essayband, *Drei Dichter ihres Lebens,* beschäftigt er sich mit Casanova, Stendhal und Tolstoi. Seine Methoden der Nachgestaltung und intuitiven Deutung haben sich immer mehr verfeinert. Die Schwächen und Widersprüche seiner Gestalten werden weder verschwiegen noch beschönigt, nicht einmal ins »Dämonische« gesteigert. Seine Charakteristiken werden knapper und pointierter. Es kam ihm nicht so sehr darauf an, die von ihm Dargestellten objektiv und realistisch genau abzubilden, er wollte keine lehrhafte Einführung in ihre Werke geben, sondern, wie er in einem seiner Vorworte sagt, »Sublimierung, Kondensierung, Extrakt«.

Zu Beginn der zwanziger Jahre, in seinem Salzburger Heim, nahm Stefan Zweig die Arbeit an seinem novellistischen Werk wieder auf. 1922 erschien der zweite Band des Zyklus *Die Kette* mit der Titelnovelle *Amok* – die Geschichte einer Leidenschaft. 1927 folgt der letzte Band mit sechs Erzählungen unter dem Titel *Verwirrung der Gefühle.*

Nicht alle Erzählungen dieses Zyklus können als Kabinettstücke der Erzählungskunst gewertet werden. Zweigs epische Sprache basiert zum Teil noch in den epischen Konventionen des 19. Jahrhunderts. Seine Motive sind gelegentlich allzu sentimental. Das Karge, Indirekte der Aussage, das die bahnbrechende Epik des 20. Jahrhunderts kennzeichnet, widerstrebte ihm. Er war viel zu passiv eindrucksfähig, um ein »Aktivist« neuer sprachlicher Medien zu sein. Er schätzte Amerika, er liebte vieles an der Neuen Welt, aber das neue Jahrhundert des amerikanischen Romans blieb ihm verschlossen. Wohl rührte er thematisch an Tabus, vor allem an erotische, doch an die überkommenen Werte der Sprache rührte er nicht. Da blieb er Traditionalist, ein Mensch des 19. Jahrhunderts. Wenngleich er gewiß nicht der Kavalier mit schlechtem Gewissen war, wie

er ihn in Ich-Form in der rührseligen Novelle *Brief einer Unbekannten* beschreibt, so ist doch gerade diese sentimentale Episode aus dem Leben eines Schriftstellers aufschlußreich für Stefan Zweigs Gefühls-Konservativismus und bestimmte übernommene Sprachfloskeln.
Ein erfolgreicher, von den Frauen verwöhnter Schriftsteller erhält den Abschiedsbrief einer ihm unbekannten Selbstmörderin. Sie gibt sich ihm als eine von ihm vergessene Geliebte zu erkennen und teilt ihm tränenselig mit, ihr Kind – sein Kind, die Frucht einer gleichfalls von ihm vergessenen Nacht – sei gestorben.
Was uns an der etwas süßlichen Dekadenz dieser eigentlich noch im Fin de siècle wurzelnden Geschichte berührt, ist der intensive Gefühlston, der nervöse, fast hektische Duktus der Sätze. Nicht weniger überhitzt ist die Sprache der Erzählung *Eine phantastische Nacht.* Ihr Inhalt: Ein »Herr der Gesellschaft« – Aristokrat und blasierter Schürzenjäger – begibt sich nach einem nicht sonderlich erfolgreichen Flirt, den er mit einer »Dame der Gesellschaft« während eines Pferderennens begann, ermattet in die Stadt zurück. Am Rande des Praters gerät er bei Anbruch der Nacht in die für ihn gespenstische Umwelt sozialer Randbezirke. Eine armselige Prostituierte, die ihn als Lockvogel Erpressern ausliefern will, erweckt, nachdem der Anschlag ihrer Beschützer mißlungen ist, sein Mitleid. Sein soziales Gewissen regt sich plötzlich, und er verteilt seinen mühelos errungenen Wettgewinn in den tristen Gassen eines Arme-Leute-Viertels.
Die sozialen Zwischentöne dieser Novelle sind nicht realistisch genug, um der Aussage Zweigs einen gesellschaftskritischen Akzent zu geben. Trotzdem ist die Geschichte lesenswert, wegen des atmosphärisch dichten Bildes aus dem versunkenen Wien mit seiner »Morbidezza«. Der Zusammenstoß von Lebewelt und Prostitu-

tion erinnert – durchaus eigentümlich verarbeitet – an Motive Schnitzlers.
Mit der Erzählung *Verwirrung der Gefühle* zeichnet Stefan Zweig eine überaus feinsinnige Studie der Homosexualität. Ein Mann hohen geistigen Ranges, als Hochschullehrer vom platonischen Eros beseelt, von seinen Studenten bewundert und verehrt, lebt daheim unglücklich neben seiner ungeliebten jungen Frau. Heimlich gibt er von Zeit zu Zeit einem übermächtigen Triebe nach und sucht – fern der kleinen Universitätsstadt – in trüben Großstadtschänken Erfüllung seiner Träume. Die tragische Spannung zwischen vorgespielter musterhafter Bürgerlichkeit und dem »inneren Dämon« ist in dieser Seelenstudie stärker betont als das Thema der Homosexualität, das der Dichter nur an der Oberfläche berührt. Absonderliches erscheint in anderen Geschichten des Zyklus, zum Beispiel in der des lüsternen Greises, der einem Backfisch glühende Liebesbriefe schreibt, das arme junge Mädchen in der Illusion wiegend, die feurigen Liebesschwüre kämen aus der Feder eines schönen Jünglings, für den sie sich auf der Kurpromenade entflammt hat. Die makabre Pointe besteht darin, daß wohl der Alte um die Neigung des Mädchens weiß, nicht aber der Jüngling, hinter dessen Maske sich der irreführende Absender versteckt hat.
Stefan Zweig hat einmal in einem seiner zahlreichen Vorworte seine Vorliebe für die von der offiziellen Gesellschaftsmoral tabuierten Stoffe zu begründen versucht: »Rätselhafte psychologische Dinge haben über mich eine geradezu beunruhigende Macht. Es reizt mich bis ins Blut, Zusammenhänge aufzuspüren, und sonderbare Menschen können mich durch ihre bloße Gegenwart zu einer Leidenschaft des Erkennenwollens entzünden.«
Mag die Form, in der sich Stefan Zweig mitteilt, in manchem Bezuge altmodisch erscheinen, so haben die

Grundprobleme, die ihn beunruhigen, noch immer Aktualität: vor allem das Problem des »Außenseiters« der Gesellschaft. Bei einer literargeschichtlichen vergleichenden Analyse ergeben sich in Stefan Zweigs Novellistik überraschende Parallelen zu älteren Franzosen. Barbey d'Aurévilly ist der Ahnherr einer Gattung der Erzählkunst, die Gespenstergeschichten erotisch – und Liebesgeschichten gespenstisch untermalt.

In mancher Hinsicht könnten einige Novellengestalten Zweigs sogar als Halbgeschwister von Figuren Dostojewskis betrachtet werden. Auch sie sehnen sich inbrünstig danach, den herzensträgen Bürger in sich zu überwinden und den Bruder im anderen Menschen zu entdecken. Aber bei Zweig begnügen sich die Menschen schließlich mit einer Zuschauerrolle. Dem scheuen Bürger Stefan Zweig fehlte der Mut zur letzten Konsequenz des Außer-Sich-Seins, dessen der brüderliche Russe mitleidend und miterlebend fähig war.

Der Dichter hat manche seiner Novellen in der Ichform geschrieben. Indessen wäre man auf falscher Fährte, würde man in seinen Novellen verschleierte autobiographische Bekenntnisse vermuten. Die Ichform war für Zweig meist nur ein Kunstgriff, um das Interesse des Lesers zu fesseln. Selbstzeugnisse sind diese novellistischen Studien von den Wegen und Abwegen absonderlicher Seelen höchstens insofern, als ihr Autor sie in unbändigem psychologischem Wissensdurst geschrieben hat, vielleicht dem großen Vorbilde Goethes nachstrebend, der behauptete, er habe sich jeder Scheußlichkeit für fähig gehalten. So umstritten und qualitativ ungleichwertig die psychologische Novellistik Stefan Zweigs sein mag, sie fand Freunde in allen Gesellschaftsschichten, erreichte hohe Auflagen und wurde sogar von autoritativer Seite anerkannt, vor allem in seiner engeren Heimat. Die angesehene *Deutsch-Österreichische Literaturgeschichte,* die nach dem Tode von Johann Willi-

bald Nagel und Jakob Zeidler 1935 von Eduard Castle herausgegeben wurde, rühmt an dem Dichter: »Mit der Novelle *Verwirrung der Gefühle* ist dem Autor ein Werk von absolutem Wert gelungen.«
In der Sprache der österreichisch-konservativen Staatsideologie jener Jahre heißt es dann: »Hier geht es im Leben eines schöpferisch veranlagten und daher wichtigen Menschen um einen schicksalhaften Kampf zwischen Geist und Fleisch ...«
Als der österreichische christliche Ständestaat der Ära Dollfuß-Schuschnigg sich für das Werk des Juden Stefan Zweig in einer offiziösen Publikation so nachdrücklich einsetzte, war der Dichter im nationalsozialistischen Deutschland bereits »unerwünscht«, und Stefan Zweigs reichsdeutscher Verleger, Anton Kippenberg, hatte sich eben gezwungen gesehen, einem seiner größten Erfolgsautoren den Laufpaß zu geben.
Sind die Novellen Zweigs mit ihren »heiklen« Stoffen auch nicht als verdeckte Konfessionen zu werten, so sind sie dennoch Selbstzeugnisse, weil sie das Verhältnis Stefan Zweigs zu Sigmund Freud ausdrücken. Es gehört nicht in den Rahmen einer biographischen Skizze, darüber Vermutungen anzustellen, welche individuellen Ursachen den Dichter zum Adepten (nicht zum Schüler, wie manche meinen) dieses großen Psychologen gemacht haben mögen.
Für eine nach Millionen zählende Leserschaft wurde Stefan Zweig indirekt zum Mittler der Psychoanalyse, die keineswegs durch ein paar abgegriffene, aus dem Zusammenhang gerissene Slogans und Kennworte in ihrer Bedeutung zu erfassen ist. Der Dichter hat die damals neue revolutionäre Theorie einfühlend und nacherlebend zu begreifen versucht. Von den Geheimnissen der Seele ahnte er mehr als viele Schriftsteller, die im Sinne eines anderen literarischen Freudschülers, des von Zweig hochgeschätzten James Joyce, unermüdlich verbal asso-

ziieren, aber von der Macht des Unbewußten wenig wissen.

Zu den neben seinen historischen Porträts leider zu wenig beachteten Büchern Stefan Zweigs gehört die 1930 erschienene monographische Trilogie *Heilung durch den Geist,* gekrönt von dem herrlichen Essay über den Schöpfer der Analyse. Neben Thomas Mann und Hermann Hesse ist Stefan Zweig einer der ersten deutschen Schriftsteller, die sich frühzeitig zur Lehre Freuds bekannten und das Verhältnis von Künstler und Psychoanalyse in ihren Publikationen behandelten. Schon im Jahre 1926 hat sich der Dichter mit dem von einer Freud-Schülerin (Dr. Hermine Hug-Hellmuth) herausgegebenen *Tagebuch eines halbwüchsigen Mädchens* eingehend beschäftigt. Mit großem Verständnis für die seelische Entwicklung des Kindes, wie sie so tiefgründig erst die Theorie Freuds erkennen konnte, hat der Dichter dieses Originaltagebuch der zwölfjährigen Tochter wohlhabender Eltern aus der sogenannten Wiener guten Gesellschaft betrachtet. Stefan Zweig hat schon damals die Spannungen zwischen den unbewußten Antrieben und dem kontrollierenden Bewußtsein beschrieben. Der Aufsatz erschien im Almanach des Internationalen Psychoanalytischen Verlages 1926 in Wien. Noch heute, ja gerade heute, da rationale Erkenntnis des menschlichen Seelenlebens mancherorts suspekt erscheint, erhalten die Feststellungen Stefan Zweigs aus dem Jahre 1926 besonderes Gewicht. Deshalb sollen die Schlußgedanken hier zitiert werden: »Denn wer vermag zu sagen, ob diese Unruhe, diese brennende Neugier nicht etwas unendlich Kostbares und Schöpferisches in jedem Kinde ist, ob nicht bei einzelnen gerade aus ihr die Möglichkeit erwächst, sich das Mythische des Lebensgefühls über die Kindheit hinaus zu bewahren.«

Diese Sätze kommen einem Selbstkommentar zur psychologischen Novellistik des Dichters gleich. Um seine

Beziehung zu dem damals noch in Wien ordinierenden Professor Freud und seine Kenntnis von dessen Lehre zu vertiefen, wurde der Dichter zeitweilig Besucher der Sprechstunde des großen Gelehrten. Die Gespräche mit ihm mögen vielleicht sogar den Charakter einer Lehranalyse gehabt haben. In unserem Jahrhundert ist das Bündnis zwischen Arzt und Dichter nichts Außergewöhnliches, und nicht wenige hervorragende Ärzte waren und sind zugleich bedeutende Schriftsteller. Vielleicht ist gerade den Dichtern die Erkenntnis Freuds, daß »die ganze Menschheit als Patient« zu betrachten sei, eher deutlich geworden als manchen rivalisierenden Schulgelehrten. Die beiden anderen Bildnisse des Buches *Heilung durch den Geist* – das von Franz Anton Mesmer und das von Mary Baker-Eddy – sind gleichsam essayistische Nebenprodukte angewandter Psychoanalyse. Der zu Unrecht als Scharlatan bezeichnete »Magnetiseur« Franz Anton Mesmer und die ebenso hysterische wie ekstatische Stifterin der Christian Science, Mary Baker-Eddy, hatten ja selbst, ohne es zu ahnen, Vorstöße in die Zone des Unbewußten vorweggenommen.

Stefan Zweig war indes weniger daran gelegen, eine populäre Darstellung Freuds und seiner Lehre zu geben, als die geistesgeschichtliche und moralkritische Leistung des großen Arztes zu würdigen. In bewegenden Worten hat ein Dichter die Tat eines Forschers beschrieben, des tapferen Zerstörers von Illusionen, denen die Menschheit seit Jahrtausenden nachhing. Stefan Zweig schreibt: »Sigmund Freud hat die Menschen – herrliche Tat eines einzelnen Menschen – klarer über sich selbst gemacht: ich sage klarer, nicht glücklicher. Er hat einer ganzen Generation das Weltbild vertieft; ich sage vertieft und nicht verschönert. Denn das Radikale beglückt niemals, es bringt nur Entscheidungen. Aber es gehört nicht zur Aufgabe der Wissenschaft, das ewige Kinderherz der

Menschheit in immer neue beschwichtigende Träumereien einzuwiegen; ihre Sendung ist, die Menschen zu lehren, gerade und gerecht auf unserer harten Erde zu gehen. An dieser unerläßlichen Arbeit hat Sigmund Freud sein vorbildliches Teil getan: im Werke ist seine Härte zu Stärke, seine Strenge unbeugsames Gesetz geworden. Niemals hat Freud um der Tröstung willen dem Menschen einen Ausweg ins Behagliche gezeigt, eine Flucht in irdische oder himmlische Himmelreiche, immer nur den Weg in sich hinein, den gefährlichen Weg in die eigene Tiefe. Seine Einsicht ist ohne Nachsicht gewesen: nicht um einen Zoll hat seine Denkart den Menschen das Leben leichter gemacht. Wie ein Nordwind scharf und schneidend, hat sein Einbruch in eine dumpfe Atmosphäre viele goldene Nebel und rosige Wolken des Gefühls zerblasen, aber vor den gereinigten Horizonten liegt nun ein neuer Ausblick ins Geistige klar. Mit andern Augen, freier, wissender und ehrlicher sieht eine neue Generation dank seiner Leistung in eine neue Zeit.«
Als gelehriger, ja man darf sagen – gelehrter Nachfolger Freuds erweist sich Stefan Zweig in den Versuchen über Mesmer und über die Gründerin der Christian Science. Klarer und deutlicher als in manchem medizinischen Lehrbuch hat hier ein literarischer Essayist Grundlehren der Seelenheilkunde herausgearbeitet. Heilung durch den Geist – wie Stefan Zweig sie erläutert – heißt: Aktivierung des Kranken, der sich, angeleitet von seinem heilkundigen Helfer, von einem Objekt der »Behandlung« in ein handelndes Subjekt verwandelt. Das heilende Medium ist – in der Sicht des Literaten und Psychologen Zweig – das Wort! Das Ethos des Arztes erscheint unter diesem Aspekt dem des Schriftstellers verwandt. Jenseits eines esoterischen Ästhetizismus, zu dem der junge Dichter geneigt haben mochte, hat der zum Kenner der Menschenseele gereifte Erzähler den Weg vom Wortkünstler zum Helfer durch das Wort beschritten.

In der Einleitung zur *Heilung durch den Geist* ist das Bekenntnis des ethisch engagierten Schriftstellers Stefan Zweig beschlossen. Dort heißt es:

»In dem Aufruf an den Kranken, sich selbst seelisch aufzuraffen, sich zur Willenseinheit zusammenzufassen und diese Ganzheit seines Wesens der Ganzheit der Krankheit entgegenzuwerfen, besteht das einzige und eigentliche Medikament aller psychischen Kuren, und meist beschränkt sich der Hilfsakt ihrer Meister auf nichts anderes als das gesprochene Wort. Wer aber weiß, welche Wunder der Logos, das schöpferische Wort, zu wirken vermag, diese zauberische Schwingung der Lippe ins Leere, die doch unzählige Welten erbaut und unzählige Welten zerstört hat, den wird es nicht erstaunen, daß auch in der Heilkunst wie in allen anderen Sphären einzig durch das Wort zahllose Male wahrhafte Wunder geschehen sind, daß bloß durch Zuspruch und Blick, diese Sendezeichen von Persönlichkeit zu Persönlichkeit, manchmal in völlig niedergebrochenen Organen noch einmal nur durch den Geist auferbaut werden konnte.«

Ideen und Gestalten darzustellen, nicht Systeme und Methoden zu interpretieren, das ist das Ziel des Biographen Stefan Zweig, er hat es immer wieder betont. In Franz Anton Mesmer, dem »Seelenheilkundigen« des 18. Jahrhunderts, sieht er den paracelsischen Gedanken verkörpert. Mesmer habe sich nach Paracelsus gerichtet, wenn er nach dessen Grundsatz gehandelt habe, »Ihr sollt wissen, daß die Wirkung des Willens ein großer Punkt ist in der Arznei«.

Etwas von diesem paracelsischen Wissen besaß auch Mary Baker-Eddy. Allerdings verfügte sie – nach dem Urteil von Stefan Zweig – mehr über die »beschwörenden Kräfte von Hysterie und Berechnung«. In ihrer Gestalt sah Stefan Zweig die »Doppelzüngigkeit des amerikanischen Idealismus«, kritisierte er die geschäftstüchtige Betriebsamkeit eines bestimmten Typus von amerikanischen »Missionaren«, die auch schon der satirische Romancier Sinclair Lewis aufs Korn genommen hatte.

In Freud dagegen verehrte Stefan Zweig den großen Humanisten, der »Ehrfurcht vor der Persönlichkeit« gehabt und die »Verletzlichkeit der Seele« zur Basis seiner psychologischen Theorie gemacht habe. Freud, so meint sein eifriger Protagonist, habe durch seine Persönlichkeitslehre die »Kunst des gegenseitigen Verstehens, diese wichtigste innerhalb der menschlichen Beziehungen, die immer notwendigere zwischen den Nationen, diese einzige Kunst, die uns zum Aufbau einer höheren Humanität helfen kann, wie nur wenige Geister außer ihm gefördert«.

In die zwanziger Jahre, diese ergiebige Schaffensphase seiner Begegnung mit Freud, fallen auch Zweigs religiös untertönte epische Versuche, seine Legenden und Novellen, zu denen sein Drama *Jeremias* den Auftakt gebildet hatte: *Die Augen des ewigen Bruders* und *Rahel rechtet mit Gott,* in denen feierlicher Ernst dominiert. In solchen Arbeiten enthüllt sich eine tiefere Seite seines Wesens, in ihnen enthüllt sich der »epikuräische Literat« als Traditionalist, als geistiger Erbe des ethischen Rigorismus im Judentum. In diesen Themenkreis gehört auch die Legende *Der begrabene Leuchter,* die Stefan Zweig bereits im Exil geschrieben hat.

Jüdische Religiosität ist auch in einzelnen profanen Novellen von Stefan Zweig verborgen, zum Beispiel in der erschütternden Erzählung *Untergang eines Herzens.* Das Motiv dieser Novelle – eine Vatertragödie – erinnert in der nahezu biblischen Strenge seiner Durchführung an Tolstois klassische Erzählung *Der Tod des Iwan Iljitsch.* In dieser Geschichte eines verlassenen Vaters verneigt sich der Dichter vor der Religion seiner Vorfahren. Die Hauptgestalt ist ganz und gar partriarchalisch angelegt:

Ein jüdischer Kaufmann fühlt sein Ende herannahen und erkennt die Hohlheit und Herzensöde seiner in Luxus lebenden Familie. Während Frau und Tochter, mitleidlos die körperlichen und seelischen Qualen des alten Mannes übersehen, ihren Vergnügungen nachgehen, bereitet sich der wohlhabende Patriarch in Demut und freiwilliger Armut auf seinen Heimgang vor. Der Leser erkennt eine überhöhte Vatergestalt in dieser Novellenfigur.

Stefan Zweigs psychologischer Humanismus erreicht zwar nicht die Tiefe des philosophischen der Goethezeit. Aber er hat doch die Weite des europäischen Blikkes. Wie schon als Jünger von Romain Rolland blieb Zweig auch als Herold Freuds ein Verfechter der Menschenrechte. Fern politischer Theoreme oder gar politischer Parteilichkeit, hat der Dichter in den meisten seiner Publikationen, in den novellistischen wie in den essayistischen, eine reine Menschlichkeit erstrebt, eine Menschlichkeit, wie sie – nach Goethes Wort – alle menschlichen Gebrechen sühnt. Auf der Höhe seines volkstümlichen Ruhms hat der erfolgreiche Autor keinen Augenblick die vom Schicksal Geschlagenen, die Mühseligen und Beladenen vergessen. Einfühlendes Mitleid lenkte ihn immer wieder zu denen, die im Schatten leben. Wohl waren soziale Kritik auf breiter Basis und eine analysierende Darstellung der Gesellschaft, wie sie die von ihm porträtierten Geisteshelden Dickens und Balzac geübt und gepflegt hatten, seiner im Grunde nachgiebigen, konzilianten Natur fremd. Ihm ging es in erster Linie um den einzelnen Menschen. Mitunter gelang es ihm jedoch gerade in den kleineren und prägnanten seiner Seelenstudien – mehr noch als in seinen großangelegten Lebensbildern – den Einzelfall ins Allgemeingültige zu heben, so in einer seiner besten kleinen Erzählungen, dem *Buchmendel,* der traurigen Geschichte des ostjüdischen Hausierers und Antiquars, der,

völlig weltabgewandt und weltfremd, mit seinen Katalogen in einem Wiener Kaffeehaus sitzt und dort einen bescheidenen Handel mit alten Büchern betreibt. Eingesponnen in seine imaginäre Welt, die für ihn allein wirklich ist, nimmt er von dem, was in der Welt vor sich geht, kaum Notiz, nicht einmal den Ausbruch des Ersten Weltkrieges nimmt er wahr. Aber die staatlichen Gewalten reißen ihn aus seinem Schlupfwinkel, er wird als »feindlicher« Staatsangehöriger (er wurde in Rußland geboren) in ein österreichisches Internierungslager verschleppt, und zerbricht nach seiner Entlassung an der Unbill der Nachkriegszeit. In dieser knapp erzählten Tragödie eines »Unpolitischen« gelingt es dem Erzähler, ohne den geringsten pathetischen Aufwand an einem exemplarischen Fall das Ausgesetztsein des Individuums auf eine gleichnishafte Formel zu bringen. In ihrer leisen und tiefgründigen Art ist die Geschichte vom alten Buchmendel eine Entsprechung zur *Episode vom Genfer See,* dieser nicht minder komprimierten Flüchtlingserzählung.
Die erste politisch-historische Figur, der Stefan Zweig ein Buch widmete, war Joseph Fouché, der als Polizeiminister den Männern der Französischen Revolution, dem Kaiser Napoleon und dem zurückgekehrten Bourbonenkönig Ludwig XVIII. gedient hatte. In diesem »Bildnis eines politischen Menschen« – wie der Untertitel lautet – hat Stefan Zweig zum erstenmal eine durchaus unsympatische und undurchsichtige Gestalt zu seinem »Helden« gemacht. Fouché, der krasse Opportunist, der vor keiner Intrige zurückschreckende Streber, ein von der Gier nach Macht durch und durch verdorbener Mensch – auch ihn hat Stefan Zweig in seinem Wesen zu ergründen und menschlich zu verstehen versucht. Zweig war durch seine jahrzehntelangen Studien über Balzac auf die Spur Fouchés gelenkt worden. Balzac hatte den einstmals mächtigsten Mann Frankreichs,

den Robespierre und Napoleon fürchteten, bewundert wie jenseits von moralischen Maßstäben alle starken leidenschaftlichen Naturen von verbrecherischer Energie. Stefan Zweig bemüht sich, wie Balzac, die ihm genialisch scheinenden Züge Fouchés hervorzuheben, denn er fühlte sich von dem »allermerkwürdigsten politischen Menschen« unheimlich angezogen. Überdies hat der Dichter stets ein besonderes Interesse für die großen »Hintergrundsfiguren« der Weltgeschichte bekundet. Gerade sie erregten seine Phantasie. Er war im Falle Fouchés von der Bedeutung des persönlichen Einwirkens auf das historische Geschehen – im Positiven wie im Negativen – überzeugt. Diese gewaltige und dämonische Gestalt bestätigte den Biographen in seiner personalistischen Geschichtsauffassung. Er meinte das »gefährliche Geheimnis der Macht« am Beispiel Fouchés entschlüsseln zu können, wie er in seinem Vorwort andeutet. Überhaupt kam es Stefan Zweig nicht so sehr darauf an, die großen Entwicklungslinien des Geschichtsprozesses nachzuziehen und nach einer Gesetzlichkeit zu forschen. Ihn fesselte vor allem und immer wieder der extreme Einzelfall. Er war auch in dieser Hinsicht ein passionierter Amateur der Geschichtsschreibung, aber im Gegensatz zu manchen historischen Belletristen ein Autor, der gewissenhaftes Quellenstudium trieb und meist sogar seine Quellen nannte.
In *Fouché* gelang ihm ein vorzügliches psychologisches Porträt; eine »Typologie des politischen Menschen« allerdings, wie sie ihm vorgeschwebt hatte, ist die Fouché-Biographie nicht. Ebenso ist das Lebensbild von Marie Antoinette, das ein Jahr später (1932) erschien, eher ein Charakterbild als eine objektive Geschichtsdarstellung. Neben den Capricen der verspielten und leichtfertigen Königin verblassen die eigentlichen bewegenden Vorgänge der Zeit. Weder das Rokoko, dieser letzte Abglanz des Absolutismus, noch die historischen Bedingtheiten

einer so elementaren Umwälzung wie der Französischen Revolution sind von dem Biographen in ihrer ganzen Tragweite beachtet worden. Dafür bedient sich Stefan Zweig bei seinen psychologisch vertieften Charakterskizzen einer nahezu klinischen Methodik. Allein deshalb ist er bestrebt, nichts phantastisch zu entstellen. Die übliche »Historienmalerei« im Stile der monumentalen Geschichtsinterpretation der bildenden Kunst des 19. Jahrhunderts, die viele historisierende Romanschreiber pflegen, lag ihm fern. In seinem Eifer, die historische Wahrheit über den ihn interessierenden Einzelfall zu erfahren, hat er bei seiner Arbeit an dem Buch über Marie Antoinette die Dokumente besonders streng unter die Lupe genommen und die Tatsachen von Fälschungen unterschieden.

»Bildnis eines mittleren Charakters« ist der Untertitel, den Stefan Zweig der Lebensbeschreibung von Frankreichs letzter Königin gegeben hat. Der Autor nennt sie »eine eigentümlich gewöhnliche Frau, nicht sonderlich klug, nicht Feuer und nicht Eis, ohne besondere Kraft zum Guten und ohne den geringsten Willen zum Bösen!« – Vorsichtiges Abwägen, relativierende Werturteile kennzeichnen diese wie fast alle Charakteranalysen Stefan Zweigs. In einem Nachwort bezeugt der Autor seine Gewissenhaftigkeit und hält dem Leser ein kleines Kolleg über einen Handschriftenfälscher, der »entlastende« Briefe der Königin nachträglich geschrieben hat. Dabei beweist Stefan Zweig geradezu detektivischen Scharfsinn, der ihn zweifellos zum gerichtlichen Sachverständigen befähigt hätte. Nichtdestoweniger ist das Bild Marie Antoinettes in einem Bezuge dennoch romanhaft. Ihre individuellen Eigentümlichkeiten beherrschen die Schilderungen. Das Erotische erscheint betont, ja fast zu stark akzentuiert – negativ im Hinblick auf die unerfreuliche Ehe mit Ludwig XVI., positiv in der dramatischen Schilderung ihrer Affäre mit dem schwedi-

schen Grafen Fersen, der die gefangene Königin vergeblich aus dem Kerker zu befreien suchte. Selbst von einer Heroisierung ihres zweifellos tragischen Schicksals ist der hier besonders mitfühlende Biograph nicht ganz frei, ohne daß er sich dessen wohl immer recht bewußt war. Die Tragik der Unfreiheit des Menschen innerhalb seiner gesellschaftlichen Bindungen mag der dichterische Chronist wohl empfunden haben, aber er arbeitet das nicht deutlich genug heraus. Das pikante Detail, die Anekdote reizten ihn mehr als die historische Reflektion. Bei der Zeichnung der Nebenfiguren entwirft er galante Silhouetten des Rokoko, ein meisterlicher Episodenerzähler, der die Massen seiner Leser zu entzücken weiß. Wiederum in die Breite zu wirken und eine große Lesergemeinde zu fesseln war sicherlich Stefan Zweigs Absicht, als er seine *Sternstunden der Menschheit* schrieb, ein Inselbändchen nur, aber das am besten verkaufte seiner Bücher (die Auflage erreichte schon zu seinen Lebzeiten 200.000). Bei diesen historischen Miniaturen glaubte sich der poetische Geschichtserzähler die Freiheit nehmen zu dürfen, die anekdotische Pointe stärker herauszuarbeiten, als es die Zusammenhänge rechtfertigten. Das Schlaglicht wird von ihm bevorzugt, nicht die Gesamtsicht einer geschichtlichen Situation. Den individuellen Konflikt herauszustellen war für ihn bei jeder seiner Miniaturen bedeutsamer als die historisch-objektive Darstellung.
In der *Weltminute von Waterloo* zeigt sich die Vorliebe Stefan Zweigs für die historische Arabeske, im Gegensatz zum Anekdotenerzähler Heinrich von Kleist, dem es um das moralisch Exemplarische ging. Zweig setzt dem scheinbaren Zufall dramatische Akzente auf. Eine vergleichsweise unbedeutende Episode, wie das Versagen Grouchys als Kommandeur der französischen Nachhut, wird vom Dichter als auslösende Schicksalslawine von Napoleons Untergang gedeutet (als ob nicht das

Ende Napoleons bereits durch die europäischen Machtverhältnisse besiegelt gewesen wäre). Aber Stefan Zweig sucht die sensationelle »Enthüllung«. Bislang kaum beachtete Einzelheiten rangieren vordergründig. Doch gerade diese journalistisch-anekdotischen Züge der historischen Erzählungen Zweigs, die Geschichte im Scheinwerferlicht zeigen, haben ihren ungewöhnlichen Erfolg begründet.

Genauso wie im Falle von *Waterloo* arbeitet Stefan Zweig auch in der Miniatur *Der Kampf um den Südpol,* in der das Verhängnis des »zu spät« kommenden Kapitäns Scott nicht ohne Pathos beschrieben wird. Eine »Sternstunde« im eigentlichen Sinne des Wortes gestaltet Stefan Zweig in der Geschichte über die Entstehung der Marienbader Elegie, die Goethe »aus einem jähen Gefühl wunderbarer Erneuerung« geschaffen hatte. Mit Recht behauptet der Bewunderer Goethes von diesem schöpferischen Moment: »... denn die deutsche Dichtung hat seitdem keine sinnlich großartigere Stunde gehabt als den Überstrom urmächtigen Gefühls in dieses mächtige Gedicht.«

Stefan Zweig war mitunter von seiner eigenen Begeisterung ergriffen. Das offenbart sich sprachlich besonders in den *Sternstunden:* in der Wahl von Superlativen und superlativischen Begriffen. Mitunter scheint die höchste Steigerungsform zum bewußten Stilmittel erhoben. So wird die Sprache zeitweise zu einem glitzernden Feuerwerk der Worte, das dem Temperament eines literarischen Menschen wie Stefan Zweig entsprechen mochte. Aber seine Passion und sein »Passioniertsein« hatten Stil, obschon nicht immer hohen dichterischen Rang. Die Hochglanzpolituren minderer Talente, die Stefan Zweig in dieser Hinsicht kopieren wollen, bestätigen mit dem Mißlingen ihres Vorhabens die alte Wahrheit, daß sich eines nicht für alle schickt.

Sonnenuntergang nennt Stefan Zweig das Kapitel seiner Memoiren, mit dem er seine Salzburger Jahre beschreibt: die »Jahre der letzten Windstille vor dem großen Sturm«, der 1933 anbrach. Salzburg war unter der Ägide von Max Reinhardt und Hugo von Hofmannsthal als Festspielstadt zum europäischen Kulturzentrum, in der Sommerzeit sogar zur künstlerischen Hauptstadt der Welt geworden. Außer dem Domplatz und dem Festspielhaus wurde – nicht selten zum Mißvergnügen des Dichters – auch seine barocke Residenz auf dem Kapuzinerberg zur Pilgerstätte des Kultur-Tourismus. Der 1931 fünfzig Jahre alt gewordene Stefan Zweig, inzwischen einer der erfolgreichsten Autoren deutscher Sprache, empfing dort als Grandseigneur der Literatur seine berühmten und unberühmten Gäste aus aller Herren Länder. Wehmütig und nicht wenig stolz erinnert sich der Dichter jener Glanzzeit: »So lebte ich mit einem Mal in der eigenen Stadt inmitten von Europa«.

Schatten

In diesen glücklichen Jahren konnte Stefan Zweig auf eine Erfolgsbilanz blicken, wie sie nur wenigen Autoren vergönnt ist. Dafür einige Auflagenzahlen aus der Zeit der Höhe seines Ruhms (1931/32):
Erstes Erlebnis: 50. Tausend,
Amok. Novellen einer Leidenschaft: 70. Tausend,
Verwirrung der Gefühle: 90. Tausend,
Joseph Fouché: 30. Tausend.
Die literarischen Essay-Bände hatten durchweg eine Auflagenhöhe von zwanzig- bis dreißigtausend. Selbst das nur schwer aufführbare Lesedrama *Jeremias* brachte es 1931 auf das 28. Tausend. Endlich war auch dem Dichter ein Bühnenerfolg beschieden. Seine sehr freie und freimütig-zynische Neubearbeitung des *Volpone* nach Ben Jonson wurde auf fast allen großen Bühnen Europas gespielt und hat sich bis heute als Erfolgsstück halten können.
Stefan Zweigs Lesergemeinde war recht vielschichtig. Den Kern bildeten zweifellos die breiten, für Bildungswerte empfänglichen Mittelstandskreise, die danach trachteten, angenehm »interessant« und doch nicht oberflächlich belehrt zu werden. Dieser Leserstamm bevorzugte die Biographien. Die intellektuelle Neugier der bürgerlichen Jugend griff nach seinen psychologischen Novellen, die sie nicht ganz zu Unrecht als »pikant« empfand, obschon es dem Dichter vorwiegend um die in ihnen verborgenen moralischen und psychologischen Probleme ging. Der jüdische Leserkreis endlich, soweit er noch in der religiösen Tradition des Judentums lebte, fühlte sich von dem feierlichen Ernst und dem hohen Ethos seiner Legenden angerührt. Mit ihnen bewies der

Dichter die Anhänglichkeit an die Religion seiner Väter. Wohl in jeder jüdischen Bibliothek standen in jenen Jahren die schmalen Bände mit den Legenden *Die Augen des ewigen Bruders* und *Rahel rechtet mit Gott.* Im Exil kam dann noch die Legende *Der begrabene Leuchter* hinzu, die für viele seiner verfolgten Schicksalsgenossen Trost und Kraft bedeutete; denn der Leuchter ist das Symbol der Einheit und der Heimkehr Israels. Stefan Zweig gab der Überzeugung und dem innersten Gefühl vieler Verfolgter Ausdruck, wenn er in dieser Legende sagt: »... denn alles Schwere wird leichter, wenn es gemeinsam getragen, und alles Gute besser vor Gott, wenn es verbunden getan – und vielleicht ist der Sinn des ewigen Gejagtseins über die Erde, daß das Heilige uns nur noch heiliger wird durch die Ferne und unser Herz immer demütiger am Übermaß der Not. Und sie wußten, dieses Leid und diese Klage gemeinsamen Verstoßenseins waren ihre einzige Einheit auf Erden.«
Stefan Zweig ist sich bereits in den Tagen des Glücks und Erfolgs stets der »Einheit des Verstoßenseins« bewußt gewesen. Reichtum und Wohlleben bedeuteten ihm nicht alles. Er wiegte sich niemals im Gefühl der materiellen Sicherheit, obwohl er, außer den erheblichen Erträgen seiner Bücher, noch ansehnliche Summen aus dem ererbten väterlichen Industriebesitz bezog. Der Bewohner des Schlößchens auf dem Kapuzinerberg war und blieb ein Schwarzseher, und nichts konnte die melancholische »Silbersaite« seines Wesens übertönen. Die von Generationsreihen ererbte, oft nur halbbewußte Ahnung ständigen Bedrohtseins trieb ihn, den scheinbaren Günstling des Schicksals, immer wieder in die Nähe der Glücklosen und ohnmächtig den Härten des gesellschaftlichen Existenzkampfes Ausgesetzten. Der Dichter lebte sich in seinen Vorstellungen bis zur Identifizierung in die Seelen der verfolgten Außenseiter, der Sonderlinge, der Mühseligen und Beladenen ein. In ir-

gendeinem Winkel seines Wesens war er, der große Sammler und Bibliophile, der armselige jüdische Hausierer »Buchmendel«. Er, der genußfrohe Globetrotter, begab sich auf seinen Reisen in die Slums der Riesenstädte Europas und Amerikas. Er versuchte sich in die Lage eines mittellosen Auswanderers zu versetzen, er folgte, demütigen und traurigen Herzens – ein Jünger Dostojewskis –, den Fährten von Dieben und Dirnen. Angst nistete im tiefsten Grunde seiner immer wieder verdüsterten Seele, eine quälende Gewissensnot, nicht weniger bedrängend als die jener unglückseligen Frau, die wegen eines ehelichen Fehltritts von einem Erpresser gejagt wurde (in der Novelle *Angst*).

Wenn das Erinnerungsbuch *Die Welt von gestern* die Vergangenheit des Dichters dann und wann etwas verklärt, so ist das Buch der Lebensgefährtin Friderike Zweig in mancher Hinsicht offenherziger. Sie erinnert sich auch der Schatten über dem Dasein des Erfolgreichen. Und sie berichtet von seiner stets wachen Teilnahme für andere, von seinen freiwillig übernommenen Pflichten, von der Hilfsbereitschaft und anderen seiner Tugenden, von denen er selbst nicht spricht. Mit ihrem schlichten Buch ist Friderike die zuverlässigste Chronistin seines Lebens, obgleich sie dem Werke gegenüber ziemlich unkritisch ist. Aber sie übertreibt und beschönigt auch nichts. Sie gesteht ein, daß er nicht all seiner Pflichten Herr werden konnte. Sie mußte ihm helfen, der steigenden Flut seiner Korrespondenz zu begegnen. Sie bewältigte einen Teil seines Arbeitspensums und teilte redlich alle Lasten, vor allem auch die einer umfangreichen Repräsentation. Eine Pflicht, die sie ihm allerdings nicht abnehmen konnte und der er sich nicht entziehen wollte, bestand in den Reisen zu Vorträgen und Ansprachen. Diese Reisen führten ihn in mehrere Länder und Städte – und sogar in das faschistische Italien.

Benito Mussolini schätzte die Bücher von Stefan Zweig,

vor allem die historischen Biographien. Zweig, vom Duce eingeladen, wich zwar einer persönlichen Begegnung aus, aber er wechselte mit dem Diktator Briefe. Es ist ein historisches Faktum, daß des Dichters Fürbitte in einzelnen Fällen politischen Gefangenen des faschistischen Regimes geholfen hat, ihre Freiheit wiederzuerlangen. Noch 1932 war es möglich, daß in der römischen Akademie ein Vortrag des nicht erschienenen Dichters verlesen wurde: »Die moralische Einigung Europas«.

Friderike Zweig hat treulich alle Begebenheiten des Alltags auf dem Kapuzinerberg aufgezeichnet. Das alte Schlößchen mit den steil abfallenden Parkterrassen und den schönen alten, von Efeu umsponnenen Bäumen war wie geschaffen, den Dichter bei seinen geistigen Forscherpfaden in die Geschichte zu inspirieren. Aber der stimmungsvolle äußere Rahmen hatte auch seine Mängel. Friderike Zweig schreibt:

»Der Berg erschwerte vieles, war aber für den Hausherrn mit seiner vorwiegend sitzenden Beschäftigung gesundheitlich ein Segen. Meistens stieg er nach dem Essen in die Stadt hinunter, um im Caféhaus Zeitung zu lesen, denn es wurde kein Blatt abonniert, weil er während des Tages nicht durch Lesen von Zeitungen und Erfahren von Neuigkeiten von der Arbeit abgelenkt sein wollte. Radio, das auf dem Berg besonders nützlich gewesen wäre, trat sehr lange überhaupt nicht und auch dann nur mit Kopfhörern in Erscheinung. Manchmal gönnte sich Stefan erst abends auszugehen, was wir dann mit einem Nachtmahl in einer der vielen ›gemütlichen‹ Gaststuben und mit darauffolgendem Besuch eines Caféhauses zum Zeitungslesen verbanden. Später kam das Schachspiel hinzu. Stets aber wurden lange Spaziergänge in der nächtlichen Stadt angeschlossen. Spät abends gingen diese ohne störende Begegnungen vor sich. Sie führten bis in die benachbarten Anhöhen des Mönchsbergs hinauf, wo in Mondnächten der Blick auf

die türmereiche Stadt und das silberne Band des Salzachflusses phantastisch schön war. Ich mußte fast immer mithalten, was mir zwar lieb, aber doch, besonders wenn sich die Schachpartien in die Länge zogen, recht ermüdend war.«
Ergreifend ist der Bericht Friderike Zweigs über einen Besuch Romain Rollands auf dem Kapuzinerberg.
»Unser teuerster Hausgast im Lauf der Jahre war Romain Rolland, der eines Sommers während der den übrigen Aufführungen angeschlossenen Festspiele für moderne Musik in Salzburg weilte. Es war ein besonders heißer Sommer. Rolland versäumte aber trotzdem kaum eines der oft schier endlosen Konzerte atonaler Musik, zu denen ich ihn schon deshalb begleitete, weil man den auch in der Musikwelt Berühmten vor allzuviel Störungen bewahren mußte. Den Berg gingen wir dann ganz, ganz langsam zusammen zurück, denn das Steigen bedeutete für den engbrüstigen Mann eine große Leistung. Er blieb zuweilen stehen, und dann sprachen wir miteinander. Nie bin ich einem Mann mit gleich tiefem Verständnis für die Seele des Menschen und, was mich besonders berührte, für die Psyche der Frau begegnet. Stefan erwartete uns schon ungeduldig im Garten, um bald darauf mit dem geliebten Freund in der Bibliothek in den Autographen zu schwelgen.«

Zeiten der Seßhaftigkeit und der stetigen Arbeit wechselten bei Stefan Zweig mit einer starken inneren Unruhe. Dann ging er lange auf Reisen, und nicht selten waren es seelische Depressionen, die ihn hinaustrieben. Seine Ziele waren oft die des konventionellen Tourismus: die Riviera, Venedig, Neapel, Paris – ein andermal führten ihn seine Fahrten in andere Kontinente und ferne, fremde Umwelten. Im Jahre 1928 reiste er nach Moskau, wo die Jahrhundertfeier zu Ehren des 1828 geborenen Leo Tolstoi stattfand. Aus diesem Anlaß traf sich die geistige Elite der ganzen Welt wohl zum ersten- und zum letztenmal in der kommunistischen Hochburg. Stefan Zweig gehörte zu den Festrednern und hat über seine Eindrücke genau Buch geführt. Er bewunderte die russische Literatur und den brüderlichen russischen Geist. Aber er war ein unbestechlicher Beobachter, der das materielle Elend der russischen Volksmassen nicht übersah. Er erkannte auch die Unfreiheit, in der dort die schöpferischen Geister ausharren mußten, und er selbst fühlte sich peinlich überwacht. Nachdem er seine Anzüge und seine Wäsche unter die bedürftigen sowjetischen Intellektuellen verteilt hatte, kehrte er mit leeren Koffern nach Hause zurück.

Auf einer Italienreise besuchte er den verehrten Meister Maxim Gorki, der wegen seines Lugenleidens auf Capri lebte. Zu Gorkis 60. Geburtstag – ebenfalls im Jahre 1928 – schrieb Stefan Zweig: »Wir können dank seiner Werke Rußland brüderlich begreifen, nahe und nachbarlich unserer Welt, ohne Fremdheit, ohne Widerstand – damit aber ist die Pflicht des Dichters erfüllt, alle Fremdheit zwischen den Menschen zu zerstören ...«

Als Repräsentant europäischer Literatur wurde Stefan Zweig immer wieder aufgefordert, sich zu besonderen Ereignissen des geistigen Lebens zu äußern. So hielt er bei der Gedächtnisfeier für Rainer Maria Rilke im Münchner Staatstheater eine Rede »Abschied von Rilke«, die eine Hymne edelster Rhetorik war, mit Wortklängen gleich Schlußakkorden:

»... Ruhm und Ehrfurcht dir, Rainer Maria Rilke, du frommer Steinmetz am ewig unvollendeten Dom der Sprache, um deiner Liebe zum Unerreichbaren willen – Ruhm und Ehrfurcht dir für deine Verse und Werke in alle Dauer dieser deutschen Sprache ...«

Abgesehen von solchen Anlässen, die Stefan Zweig Gelegenheit gaben, in gehobener Sprache die höchsten Werte der Menschheit zu feiern, schrieb er auch manche

profanen Dinge, die für die Schärfe seiner Beobachtungsgabe zeugen. In Paris hatte er einmal Gelegenheit, etwas zu sehen, was nur wenigen Auserwählten zu besichtigen gestattet wird: die unterirdischen Gewölbe der Bank von Frankreich. Er schrieb darauf einen berühmt gewordenen Aufsatz, der später in den Sammelband *Begegnungen mit Menschen, Büchern, Städten* aufgenommen wurde. Der stets Begeisterte, mitunter sogar Schwärmerische, erweist sich hier als handfester Realist, als Kenner dessen, was die materielle Welt beherrscht: des Geldes. Ein Schüler Balzacs, ein Bewunderer der »Comédie humaine«, deren eigentliche anonyme Hauptrolle das Geld spielt, greift ein wahrhaft balzacsches Motiv auf. Exakt schildert Stefan Zweig jedes komplizierte Detail jener Schatzkammer, die für die damalige Zeit geradezu eine Sensation war: ein mächtiges Goldbergwerk tief unter der Erde, hell durchleuchtet und von einer Klimaanlage durchlüftet, mit unterirdischen Drehtüren und fugenlosen Stahlwänden vor den fünf Stock tief liegenden Tresorräumen, an die sich die ersten bombensicheren Luftschutzbunker der Stadt Paris anschlossen.
»Um besser seine Zeit zu verstehen«, habe er sich in die Katakomben des Kapitalismus führen lassen. Er betrachtete die gewaltige Anlage als einen Gegenpol zu den roten Fahnen und dem rubinroten Stern auf den Türmen des Kreml.

Ein Wanderer zwischen den beiden gegensätzlichen Welten, hatte Stefan Zweig die Rolle des bald faszinierten, bald abgestoßenen Zuschauers übernommen ... »Einen fliegenden Holländer«, so hatte der Freund Romain Rolland den durch die Straßen Europas gleichsam gewehten Stefan Zweig genannt. Er fühlte sich bereits als Exilierter, ehe die politischen und kriegerischen Umwälzungen die Massen der »Unerwünschten« und Vertriebenen in Bewegung setzten. Österreichs Krisenjahre nach der Machtergreifung Hitlers, die politischen

Schwankungen des autoritären österreichischen Regierungssystems, das dem Anschluß voranging, hatten ihm die salzburgische Heimat mehr und mehr verleidet. Zudem empfand er den (von ihm so bezeichneten) »Jahrmarkt der Künste«, der mit den Festspielen eingezogen war, auf die Dauer als kaum erträgliche Störung. Selbst Friderike Zweig, die bis zum Einmarsch der Hitler-Truppen Haus und Besitz des Dichters hütete, vermochte ihm nicht mehr die nötige Schaffensruhe zu sichern. Auch die herrliche Gebirgslandschaft Salzburgs, die er einmal für einen Werbeprospekt poetisch gerühmt hatte, konnte ihn nicht zum Bleiben bewegen (»... ausgeschneite Berge, kalt-klare eiskühle Luft, und über Nacht wirft sich der Wind, ein föniger Himmel blaut feucht und lau ...«).

Nein, er war des Massentrubels müde, den der Goldstrom des Erfolges der Festspiele bewirkte und der auch vor seinem Hause nicht haltgemacht hatte. Gewiß, die freundschaftliche Nähe von »zwei irdischen Erzengeln der Musik«, wie Arturo Toscanini und Bruno Walter, schenkte ihm beglückende Momente, aber der »Tummelplatz von Mozarts Musik« war dem Ermatteten zur Qual geworden. Überdies mischte sich in die mannigfache Geräuschsymphonie des Sommers der Lärm politischer Aufzüge der sich bekämpfenden Parteien. Am Ende wurde ihm selbst der das ganze Jahr überdauernde Stundenschlag von Salzburgs achtundzwanzig Kirchenglocken zur Pein:

Oh, diese Glocken,
Die bös und schwarz auf den Türmen hocken,
Unsichtbar stumm im Stühle kauern
und die Zeit, die unendliche belauern!
Und plötzlich mit einem donnernden Stoß
Fahren sie los:
Peng, pang,
Schwing, schwang,

Die großen, die schweren,
Die donnern und dröhnen,
Die plärren und stöhnen,
Immer und immer
Schmeißen sie einem Lärm ins Zimmer.
Oh, diese Glocken,
Bald gröhlen sie, um in die Kirche zu locken,
Wenn einer krepiert,
Wenn einer geboren,
Wenn ein Narr einem Weib sich zur Ehe verschworen,
Wenn ein Dieb zum Galgen befördert wird,
Immer, immer,
Immer werden die Glocken gerührt.

Diese Verse, die Stefan Zweig für das Libretto der Oper *Die schweigsame Frau* von Richard Strauss verfaßt hatte, deuten zweifellos auf die tiefe Mißstimmung hin, die ihn in Salzburg ergriffen hatte. Die Arbeit an dem Operntext hat ihn jahrelang beschäftigt und wurde für ihn zu einer Quelle des Ärgers und der Enttäuschung. Zwar war der Komponist von der Arbeit seines Textdichters sehr angetan, aber in Teilfragen konnten sie oft nicht übereinstimmen. Ferner wirkte sich das unruhige Wanderleben Zweigs ungünstig für die Arbeit an der Oper aus. Als dann Hitler zur Macht gekommen war, wollte Stefan Zweig die Arbeit aufgeben. Doch Richard Strauss ermunterte ihn immer wieder, am Werk zu bleiben. Er versprach ihm sogar, sich für die Genehmigung seiner Mitarbeit bei Propagandaminister Goebbels einzusetzen. Das schien jedoch daran zu scheitern, daß man im Propagandaministerium Stefan Zweig mit Arnold Zweig verwechselte. Arnold Zweig hatte früher noch als sein mit ihm keineswegs verwandter Namensvetter wegen seiner antimilitaristischen und antifaschistischen Aktivität den Zorn der Nationalsozialisten herausgefordert. Richard Strauss hat tatsächlich so viel Mut und Charakterstärke bewiesen, das Mißverständnis zu klä-

ren und sich für den Juden Stefan Zweig und sein Werk einzusetzen.
Er werde immer mit ihm arbeiten, versicherte Strauss in einem Brief an den Freund und bat ihn sogar um das Libretto für eine zweite Oper. Immerhin gelang es der Autorität des Komponisten, die Genehmigung zu erreichen, daß die Oper *Die schweigsame Frau* mit dem Libretto von Stefan Zweig in Dresden zur Uraufführung gelangen konnte. Freilich sollte es der Intendanz der Dresdner Oper untersagt werden, den Namen des Textdichters auf dem Programmzettel und in den Voranzeigen zu nennen. Aber Richard Strauss bestand darauf, daß der Name Zweigs im Programm erschien. Allerdings wurde die Oper nach drei Aufführungen vom Spielplan abgesetzt.

Der einzige Umstand, der dem Dichter den endgültigen Abschied von Österreich angesichts der immer näherrückenden Drohungen und Gefahren erschwerte, waren die Sammlungen, die infolge ihres enormen Umfanges schwer an einen anderen Ort zu transportieren und unterzubringen waren. Das Schloß auf dem Kapuzinerberg war inzwischen zu einem Privatmuseum geworden. Stefan Zweigs Bibliothek zählte mehr als 10.000 Bände. Die unermeßlichen Schätze seiner Autographen ruhten wohlverwahrt in altertümlichen Kommoden und Truhen, hinzu kam eine Spezialsammlung von Autographen-Katalogen, 4.000 Stück an der Zahl, unter ihnen das Original-Autographenverzeichnis Goethes. Der Musikhistoriker Alfred Einstein hatte aus Liebhaberei und wohl im Auftrage des Dichters Jahre mit der Katalogisierung zugebracht, zumal ein bedeutender Teil der Sammlungen aus Noten-Handschriften, unter anderem von Beethoven und Mozart, bestand. Zweifellos waren es auch diese Kulturschätze, die zahllose Besucher zu einer Wallfahrt auf den Kapuzinerberg lockten – neben der unbestreitbaren Sympathie, die der Hausherr allerwärts genoß. Vom greisen Georg Brandes, dem Nestor der europäischen Literaturwissenschaft, der noch Flaubert persönlich gekannt hatte, bis zu Alexander Lernet-Hollenia, Hans Carossa, Carl Zuckmayer und den jungen Freunden und Verehrern, wie Erwin Rieger, Erich Ebermayer und Joachim Maaß, kam alles, was in der Literatur Rang und Namen hatte. Natürlich waren auch die Musiker, Komponisten sowie Interpreten zur Stelle, und – wahrscheinlich weniger erwünscht, aber nicht fernzuhalten – die gelehrten Professoren, die sich wochenlang in Zweigs Bibliothek setzten oder gar ihre Assistenten und Studenten mitbrachten, die dort geruhsam arbeiteten.

Als vor den Toren Salzburgs an der nahen reichsdeutschen Grenze die Hakenkreuzfahnen gehißt wurden, war Stefan Zweig im Grunde genommen schon längst Flüchtling geworden. Er war auf der Flucht vor dem eigenen Haus, aber auch vor den eigenen inneren Schwierigkeiten und Konflikten. Friderike Zweig berichtet unverhohlen, ihr Mann sei schon zu einer Zeit, als die Gefahren erst unterirdisch brodelten, »von hypochondrischer Unbehaglichkeit« gewesen. (Das Wort stamme, wie sie hinzufügt, von Goethe!) In seinen düsteren Prognosen wurde der Dichter von einem sozialdemokratischen Parteifunktionär bestärkt, der sein Salzburger Schachpartner war. Dieser Freund, den die Schwäche der sozialistischen Bewegung gegenüber autoritären und faschistischen Angriffen beunruhigte, bezichtigte die Demokratie »des Verrats an den sozialen Ideen«. Er vertiefte die Zweifel Stefan Zweigs und erschütterte seinen Glauben an eine zukünftige humane Gestaltung der menschlichen Gesellschaft.
Inbrünstig hatte Stefan Zweig in seinen jüngeren Jahren an die Ideale des Fortschritts und der Völkerversöhnung

geglaubt. Angesichts der Sturmzeichen im Herzen Europas war sein Enthusiasmus in einen extremen Pessimismus umgeschlagen. Zudem hatte er oft genug aufgrund seiner Studien in die Abgründe des Menschlichen geblickt und manchmal in sich selbst den Sog dämonischer Kräfte gefühlt.

»Meine Witterung für politisches Unheil quält mich wie ein entzündeter Nerv«, sagte er einmal angesichts der Vorboten des Nationalsozialismus, die immer lauter und herrischer ihre Stimmen in Deutschland erschallen ließen. Vielleicht hat der französische Romancier Jules Romains die innere Spannung im Wesen des Dichters am besten gekennzeichnet, als er 1941 in seinem Festvortrag zu Stefan Zweigs 60. Geburtstag in New York ausführte, der Enthusiasmus könne zu einer Gefahr werden – für den Einzelnen wie für die Nationen, besonders wenn er zum Programm gemacht würde. Verzweiflung sei oft die Folge. Unter diesem Aspekt mag der Zusammenbruch allzu hoch gespannter Hoffnungen und Erwartungen die individuelle Katastrophe mit bewirkt haben, die das Leben Stefan Zweigs endete.

Skeptische Geister wie der Ironiker Thomas Mann und sein in der rationalen Latinität gefestigter Bruder Heinrich Mann mögen gegen einen solchen ideellen und individuellen Zusammenbruch gefeit gewesen sein. Andere emigrierte Schriftsteller, man vergesse das nicht, gingen den gleichen Weg ins Dunkel wie Stefan Zweig: Ernst Toller, Walter Hasenclever, Kurt Tucholsky und Walter Benjamin.

Angesichts der Wolken, die sich über Stefan Zweigs Dasein zusammenballten, ist es erstaunlich, zu welchem Ausmaß von unermüdlicher Produktivität er sich dennoch aufraffen konnte. Er hat aus dieser unglücklichsten Periode seines Lebens Zeugnisse reichen Schaffens hinterlassen: Erzählungen, Essays, Biographien, unter-

Der Sechzigjährige dankt:

Linder schwebt der Stunden Reigen
Über schon ergrautem Haar,
Denn erst an des Bechers Neige
Wird der Grund, der gold'ne, klar.

Vorgefühl des nahen Nachtens
Es verstört nicht – es entschwert!
Reine Lust des Weltbetrachtens
Kennt nur, wer nichts mehr begehrt,

Nicht mehr fragt, was er erreichte,
Nicht mehr klagt, was er gemisst
Und dem Altern nur der leichte
Anfang seines Abschieds ist.

Niemals glänzt der Ausblick freier
Als im Glast des Scheidelichts,
Nie liebt man das Leben treuer
Als im Schatten des Verzichts.

Stefan

schiedlich in ihrer Gestaltungskraft, aber ungebrochen in ihrer humanistischen Gesinnungstreue – offenbar im inneren Widerstreit mit den eigenen Zweifeln und tiefen Depressionen. Der wichtigste Beitrag Stefan Zweigs aus dem Exil (er hatte zu dieser Zeit noch sein Haus in Salzburg, lebte aber bereits einen großen Teil des Jahres im Ausland) war seine Studie *Triumph und Tragik des Erasmus von Rotterdam.* Daß er gerade diesen Philosophen zum Objekt seiner biographischen Bemühung machte, war nicht zufällig, sondern geschah aus innerer Notwendigkeit. Erasmus hatte für ihn doppelte Bedeutung. Er sah in ihm einen Wahlverwandten des Denkens und dennoch zugleich eine Kontrastfigur zu seinem persönlichen Seelenzustand. Erasmus war, wie die Denker in seiner Nachfolge übereinstimmend versichern, ein weiser Mensch. Der große Humanist unterstellte seine Gelehrsamkeit seiner reinen und maßvollen Lebensweisheit.
»Seine Philosophie war der ungetrübte Ausfluß einer der klarsten, ausgeglichensten, ruhigsten menschlichen Naturen«, erklärt der philosophische Interpret des Erasmus, Karl Schlechta.
Diese schöne Ruhe und Zuversicht mag den innerlich gequälten, von widerstreitenden Gefühlen hin- und hergerissenen Dichter getröstet haben. Angeregt durch Jan Huizinga, den holländischen Erasmus-Kenner, hat Stefan Zweig Erasmus als »erstem Europäer« gehuldigt: »... weil er sein Herz erzogen hatte, die Völker einzig zu werten nach ihren edelsten und geformtesten Geistern.« Erasmus, den der Reformator Martin Luther verabscheute, war ein Widersacher jeglicher Intoleranz, ob auf römischer oder auf »ketzerischer« Seite. Er war der Weise, der vermitteln wollte. Heute würde man ihn einen »Versöhnler« nennen. Der Glaubensfanatismus lag ihm fern. Er wollte die großen Gegensätze überwinden und mußte an diesem Wollen scheitern. Insofern ist die Erasmus-Studie ein verborgenes Selbstbildnis des im

Grunde konservativen Stefan Zweig. Klagend und mahnend stellt der Dichter fest, das Versöhnliche und Vermittelnde, das »Erasmische« habe nicht »den elementarischen Anreiz wie das Irrationale der politischen Leidenschaft«.

Ist das nicht deutlich an die Zeitgenossen an der Schwelle des Zweiten Weltkriegs gerichtet? Stefan Zweig fährt fort, es sei des Erasmus persönliche Tragik gewesen, als »der antifanatischste aller Menschen, in dem Augenblick, da die übernationale Idee zum ersten Male Europa sieghaft überglänzte«, den wildesten Ausbrüchen der Massenleidenschaft gegenübergestanden zu haben. Trotzdem hätte Erasmus »sein geistiges Kleinod, seinen Menschheitsglauben, unversehrt heimgebracht aus dem furchtbaren Haßorkan seiner Zeit«. Manche Züge des Erasmus dürfte Stefan Zweig als Spiegel seines eigenen Wesens empfunden haben: »Nirgends ein Zug vordringender Kühnheit.«

Stefan Zweig konstatiert sympathisch zustimmend, daß sich bei dem weisen Humanisten diplomatische Vorsicht mit geistiger Unbeugsamkeit verbunden hatte: »Aus tiefstem Instinkt scheut dieser Geistesmensch jede äußere Macht, jede Karriere.« Und an anderer Stelle sagt Zweig: »Das Verstehen und Immer-besser-Verstehen war die eigentliche Lust dieses merkwürdigen Genius.« Sein Ziel sei ein »gewaltlos errungenes humanistisches Reich« gewesen.

Es sei am Rande vermerkt, daß der von Anton Kippenberg geleitete Insel-Verlag das 1933/34 geschriebene Erasmus-Buch nicht mehr herausbringen wollte, obwohl damals noch die anderen bisher dort erschienenen Bücher Stefan Zweigs in Deutschland vertrieben werden durften. Das war eine schwere Enttäuschung für den Dichter, über die ihn freundliche persönliche Briefe Kippenbergs – anläßlich der Premiere der Oper *Die schweigsame Frau* von Richard Strauss – nicht hinwegtrösten konnten. Zweig brach die freundschaftlichen Beziehungen zum Insel-Verlag ab – für immer! Nach dem Zweiten Weltkrieg hat der S. Fischer Verlag den größten Teil der Werke Stefan Zweigs neu herausgebracht.

Triumph und Tragik des Erasmus erschien 1934 im Herbert Reichner-Verlag, Wien-Leipzig-Zürich. Ebenso ein Jahr später auch die nächste, bereits in England verfaßte Biographie, die Stefan Zweig über Maria Stuart schrieb. Als Stefan Zweig im Januar 1934 während eines längeren Aufenthalts in England das Britische Museum besuchte, stieß er auf eine alte Handschrift, in der ein Augenzeuge die Szenen schildert, die sich bei der Hinrichtung der Königin Maria Stuart abgespielt hatten. Diese Beschreibung erregte seine dichterische Phantasie, und er entschloß sich, zum zweitenmal die Geschichte einer gequälten Frau zu schreiben, deren Schicksal es war, zwischen den Mühlsteinen politischer Machtkämpfe zerstört zu werden.

In stärkerem Maße als bei der Arbeit am Lebensbild Marie Antoinettes gab Stefan Zweig seiner Neigung nach, psychologischen und zeitkritischen Reflektionen zu folgen. Die Fülle von Literatur über Maria Stuart – wissenschaftlicher wie belletristischer – hat ihn nicht davon abbringen können, die Schicksalstragödie Marias nochmals aufzuzeichnen und mit neuen Akzenten zu versehen. Was ihn vor allem an Maria Stuart fesselte, war die Tragik der liebenden Frau. Stefan Zweig betrachtete ihren Streit mit der ihr überlegenen Rivalin, der dem Biographen zutiefst unsympathischen Elisabeth I., als ein exemplarisches Kapitel zum Thema Kabale und Liebe in der Weltgeschichte. Aus dieser Sicht erhält Zweigs Darstellung gewisse romanhafte Züge. Sie müssen sich dem wiederum eifriges Quellenstudium treibenden Dichter geradezu aufgedrängt haben. Marias Bund mit Bothwell, dem Mörder ihres zweiten Gatten

Darnley, rückt Zweig als blutige Romanze in den Mittelpunkt der Biographie. Die Dokumente, die Marias Beteiligung an dem Mord nachweisen sollten, erklärt der Autor und Experte für alte Handschriften für gefälscht; eine ähnliche Erklärung hatte er ja schon mit ritterlichem Eifer für die Königin von Frankreich abgegeben.
Dennoch ist Stefan Zweig als Biograph der keineswegs ganz schuldlosen Maria kein Schönfärber. In ihrer triebhaften Weiblichkeit habe sie sich als Werkzeug fremden Machtwillens mißbrauchen lassen, behauptet er. Sogar ihre Auseinandersetzung mit Elisabeth schildert der sonst für Maria Parteinehmende recht objektiv: »Immer haben Frauen in der Politik die gefährliche Eigenschaft, bloß mit Nadelstichen ihre Rivalen zu verwunden und Gegensätze durch persönliche Bosheiten zu vergiften.«
Trotz ihres Umfanges von 560 Seiten ist die Geschichte Maria Stuarts vielleicht die gedrängteste und stellenweise die dramatisch dichteste Arbeit Stefan Zweigs. Mit einer anekdotischen Pointe schließt der Dichter den Bericht vom letzten Gang seiner Heldin. Er erzählt, daß sich das Hündchen der bereits entseelten Königin unter ihrem weiten Gewand versteckt hatte und wütend bellte, als es aufgescheucht wurde.
»Leidenschaftlicher als alle und besser als ihr Sohn und die Tausende, die ihr Treue geschworen, hat dies kleine Tier für seine Herrin gekämpft!«
Die Annahme ist sicherlich nicht ganz unbegründet, daß der heimatlos gewordene Tierfreund Stefan Zweig an seinen klugen Terrier Kaspar dachte, als er diese Zeilen schrieb; ein enttäuschter Menschenfreund, der die unschuldige Kreatur vielen Menschen vorzog.

Staub und Asche

Auf Grund der im Jahre 1935 erlassenen, gegen das Judentum in Deutschland gerichteten Gesetze untersagte das Hitler-Regime Druck, Verkauf und Verbreitung von Werken jüdischer Autoren in Deutschland. Darunter fielen natürlich auch die Bücher von Stefan Zweig, der nicht überrascht war, denn schon vor dem Erlaß der sogenannten Nürnberger Gesetze hatte der Insel-Verlag kein Buch von ihm mehr veröffentlicht. In seinen Erinnerungen vermerkt der Dichter: »Dieses Schicksal völliger literarischer Existenzvernichtung in Deutschland mit so eminenten Zeitgenossen wie Thomas Mann, Werfel, Freud und Einstein und manchen anderen, deren Werk ich ungleich wichtiger nahm als das meine, teilen zu dürfen, habe ich eher als Ehre empfunden denn als Schmach ...«
Sogar in dem bis 1938 noch österreichischen Salzburg war Stefan Zweig vor Belästigungen nicht sicher. Eine Haussuchung, die auf die haltlose Denunziation von Heimwehrleuten hin erfolgte, verstimmte ihn dermaßen, daß er sich bereits im Jahre 1934 in Salzburg abmeldete und seinen ständigen Wohnsitz ins Ausland verlegte. Dazu vermerkt er in seinen Memoiren: »Mein Haus gefiel mir nicht mehr seit jenem amtlichen Besuch, und ein bestimmtes Gefühl sagte mir, daß solche Episoden nur schüchternes Vorspiel viel weiterreichender Eingriffe waren.« Von 1934 bis 1940 lebte Stefan Zweig hauptsächlich in England. Wir erfahren wenig von ihm über diese Zeit. Als Bilanz verzeichnet er: »Mein Leben in England war eine einzige Zurückhaltung.« Was dem Dichter, der England fast dreißig Jahre lang nicht aufgesucht hatte, an der britischen Insel jetzt besonders ge-

fiel, war die Gelassenheit und Unaufdringlichkeit der Engländer, war das Fehlen einer hektischen Politisierung, war die Abwesenheit von Haß und Hetze. Zum erstenmal entdeckte Stefan Zweig das Besondere und das besonders Liebenswürdige an den Engländern, ihre friedlichen Freuden an Sport und Hobby. Hier sah er eine Möglichkeit, zu leben und zu arbeiten. Er kaufte sich ein Haus in dem schönen Kurort Bath, der durch seine römischen Altertümer berühmt ist. Es hat nicht an Versuchen gefehlt, Zweig zum Ausharren in Österreich zu bewegen. Viele wiegten sich dort noch in Sicherheit. Auch Frau Friderike mochte sich ungern von dem Besitz auf dem Kapuzinerberg trennen. Dort war ihr Heim, dort waren ihre Töchter aus erster Ehe aufgewachsen. Aber der Dichter ließ sich nicht beirren, nicht einmal Maestro Toscaninis Vermittlung gelang es, Stefan Zweig zur Rückkehr nach Österreich zu überreden.
Fast gleichzeitig mit dem Hausstand zerbrach die Ehe mit Friderike Zweig. In London verpflichtete der Dichter eine junge Emigrantin als Sekretärin. Lotte Altmann war ein zartes und schwermütiges junges Mädchen, das an chronischem Asthma litt. Sie war ihrem Brotherrn schwärmerisch zugetan. Im Herbst 1934 hielt sich das Ehepaar Zweig mit Lotte Altmann in Nizza auf. Eines Tages konnte es Friderike nicht mehr entgehen, wie innig vertraut die Freundschaft zwischen dem dreiundfünfzigjährigen Dichter und seiner um gut drei Jahrzehnte jüngeren Mitarbeiterin geworden war. Ihm ist es gewiß nicht leicht gefallen, sich von der langjährigen Gefährtin aus guten und bösen Tagen zu trennen. Aber Friderikes großmütiger Verzicht auf einen Kampf um den Gatten mag Stefan Zweigs Entschluß zur Scheidung erleichtert haben. Ihre Freundschaft, die beide bis zuletzt verband, blieb bestehen, wie der nach dem Tode des Dichters veröffentlichte Briefwechsel mit Friderike Zweig beweist.

Die Liebe zu Lotte Altmann, der erneuerte Kontakt mit vielen alten Freunden, die sich Ende 1934 gleichfalls an der Riviera eingefunden hatten, leitete die letzte spannungsreiche Schaffensphase des Dichters ein. Eine illustre Gesellschaft umgab ihn in Nizza. Er sah noch einmal H.G. Wells, André Maurois, Strawinsky und Toscanini. Zu seinem engeren Freundeskreis gehörten René Schickele, Schalom Asch, Joseph Roth und Hermann Kesten.

Als einer der jüngsten Freunde und Mitstreiter von Stefan Zweig gedenkt Hermann Kesten jener Begegnungen im zunächst europäischen Exil, das damals noch zur größeren Heimat zählte. Kesten berichtet charakteristische Einzelheiten von Stefan Zweigs spontaner Hilfsbereitschaft und von seiner Aufgeschlossenheit für andere Menschen. Zu den Schriftstellerfreunden, die Stefan Zweig ständig unterstützte, gehörten Joseph Roth, der Romancier des untergehenden Österreich und Autor des Romans *Radetzkymarsch,* sowie der Erzähler Ernst Weiß. Später in Amerika verhalf Zweig vielen Schicksalsgefährten zur Flucht aus dem von Hitler unterworfenen Europa. »Vormals Schriftsteller, nun Experte in Visen«, bemerkte er einmal zu Kesten.

Hermann Kesten hat in seinem Buch *Meine Freunde, die Poeten* die wahrscheinlich knappste und treffendste Charakteristik des Menschen und Schriftstellers Stefan Zweig gegeben – kritisch und doch freundschaftlich: »Ein Leser der Biographie Zweigs könnte auf die Vermutung kommen, Zweig sei ein farbloser Mensch gewesen. Im Gegenteil war er ein kurioser und komplizierter Mensch, vertrackt und interessant, neugierig und listig, alles berechnend und sentimental, hilfreich und kühl, amüsant und voller Widersprüche, ein Großbürger in seiner Manier und unbürgerlich in seinen Äußerungen, komödiantisch und fleißig, immer geistig angeregt, banal und voller psychologischer Finessen, leicht erregt und schnell ermüdet, von einer weiblichen Sensibilität und knabenhaften Lüsternheit. Er war gesprächig und ein ergebener Freund und auf den Erfolg eingeschworen. Er war eine Fundgrube von Literaturanekdoten. Er war ein heiterer Pessimist und ein todeslüsterner Optimist. Er war ganz ohne Selbstironie. Er war im Kern ein bescheidener Mensch und hat sich selber und die Welt viel zu tragisch genommen.«

Diese pointiert kritische Bilanz widerspricht im Grunde nicht den liebevollen Erinnerungen von Friderike Zweig. Die erprobte Lebensgefährtin hat die Gefahren in dem zwiespältigen Dichter nicht weniger deutlich gesehen. Sie war nicht nur aus der eigenen Enttäuschung heraus über Stefan Zweig besorgt. Die Verbindung mit der kränkelnden Geliebten, die er 1939 heiratete, erschien ihr als ein Verhängnis. Wenn wir ihren Erinnerungen folgen, so war Lotte Altmann das Modell zur Hauptgestalt von Stefan Zweigs einzigem Roman *Ungeduld des Herzens.*

In dem 1938 entstandenem Werk, das im Grunde eine breit angelegte Novelle ist, gestaltet der Dichter mit ungeschwächter Einfühlungskraft das tragische Schicksal eines an den Rollstuhl gefesselten jungen Mädchens, der Tochter eines adligen Gutsbesitzers im alten Österreich. Ein Ulanenleutnant weckt in der Unglücklichen, ohne es recht zu wollen, leidenschaftliche Gefühle. Als er erkennt, daß ihm das Mädchen auf Leben und Tod verfallen ist, ringt er sich aus falschem »Mitleid« – in Wahrheit aus Furcht und Schwäche – dazu durch, sich zu opfern und dem ungeliebten Mädchen einen Heiratsantrag zu machen. Zu spät: die sich verschmäht Glaubende nimmt sich das Leben. Der Leutnant aber zieht in den Krieg – als Kampfflieger, weil er die Todesgefahr herausfordern will.

Ist diese Geschichte, die verfilmt worden ist, wie die meisten Erzählungen Stefan Zweigs, die ein vornehmes gesellschaftliches Milieu schildern, noch einigermaßen glaubhaft, so kann man das von der *Schachnovelle,* der letzten schöngeistigen Prosastudie des Dichters, kaum behaupten.

Der Sieg des Emigranten »Dr. B.« (im Film: Herr von Basil) über den Schach-Weltmeister während der Ozeanüberquerung ist ingeniös konstruiert, aber höchst unwahrscheinlich motiviert. Das von Zweig ersonnene Schachtraining während der so überstandenen Gestapo-Haft ist vom Dichter als »Triumph des Geistes über den Terror« empfunden worden. Damit hat er jedoch die Realität der geschichtlichen Situation in eine andere Ebene, die der psychologischen Irrealität, verlegt. (Übrigens soll Stefan Zweig nach Aussage von Kennern ein mäßiger Schachspieler gewesen sein.)

Vielleicht ist der innere Motor jener recht verzwickten Geschichte eine Wunschvorstellung von Widerstandskraft unter stärkstem äußeren Druck, zu der sich der Autor selbst nicht fähig wußte.

Im ständigen Auf und Ab von Hoffnung und Verzweiflung hat Stefan Zweig sein Werk – erst im englischen, später im brasilianischen Exil – in vorbildlicher Arbeitsdisziplin fortgesetzt. Die Wahl seiner späten Stoffe kennzeichnet die innere Polarität seines Wesens. Gehörten die Erzählungen seiner letzten Jahre sowie sein Erinnerungsbuch *Die Welt von gestern* thematisch und motivisch vorwiegend zum Umkreis des alten Österreich, so sind seine letzten biographischen Versuche zukunftweisend auf die größere Neue Welt bezogen, wenngleich historische Gestalten den Vorwurf gaben.

Magellan – Der Mann und seine Tat und *Amerigo – Die Geschichte eines historischen Irrtums* sind die Titel der beiden Lebensskizzen, die Stefan Zweig 1938 und 1940 verfaßt hat. Mit *Magellan* wollte der Dichter an den vergessenen Weltumsegler erinnern. Vielleicht wollte er sich auch an dem Vorbild einer kraftvollen und mutigen

Natur innerlich aufrichten. Frühe Knabenträume von Gefahr und Abenteuer mögen bei seiner Schilderung einer denkwürdigen Seefahrt aus der Zeit der Konquistadoren in diese Studie hineingespielt haben.
Mit der Geschichte des Amerigo Vespucci, der als Geograph mehrere Expeditionen in die eben entdeckte Neue Welt begleitet hatte, wollte Stefan Zweig eine gelehrte Streitschrift verfassen. Auf Grund wissenschaftlich exakten Quellenstudiums wollte er nachweisen, daß der Mann, nach dem der neue Kontinent seinen Namen erhielt, kein Schwindler war, wie vielfach angenommen worden ist, unter anderen von dem amerikanischen Philosophen Emerson. Zweigs Amerigo ist ein redlicher Mann, den nicht die Schuld trifft, daß mehrere Generationen irrtümlich annahmen, er sei der Entdecker Amerikas gewesen. Stefan Zweig meint, der Gelehrte Amerigo sei immer noch ein besserer Namensgeber des neuen Erdteils gewesen als irgendeiner der blutigen Konquistadoren. Vielleicht wollte der Dichter überdies ein moralisches Exempel geben und sagen, die bleibenden Taten seien Taten des Geistes. Mit seinen Berichten von den frühen Expeditionen in neu entdeckte Erdteile, die unter heute kaum noch vorstellbaren Opfern und Plagen durchgeführt worden sind, hat der Dichter in Portugal (Magellan ist dort ein nationaler Heros) und in Brasilien stärkere Resonanz gehabt als in der europäischen Heimat.
Amerika hat den Dichter mit Freuden aufgenommen. In Brasilien, das ihn festlich empfing, ist ihm bis heute eine große Leserschaft treu geblieben. Dennoch konnte sich der Erfolgverwöhnte mit dem Verlust des größten Teiles seiner europäischen Leserschaft nur schwer abfinden. In seiner *Welt von gestern* gedenkt er des schweren Abschiedes von dem im Grunde seines Herzens geliebten Österreich im Jahre 1937 nach einem kurzen Aufenthalt in Wien. In jenem Jahr, wenige Monate vor dem Ein-

marsch Hitlers, hatten ihn die Freunde noch spöttisch den »alten Jeremias« genannt. Aber klingen seine Worte in der Tat nicht wie die des Propheten an der Klagemauer?

»Und in dem Augenblick, wo der Zug über die Grenze rollte, wußte ich, wie der Urvater Lot der Bibel, daß alles hinter mir Staub und Asche war, zu bitterem Salz erstarrte Vergangenheit.«

Das ist das Fazit aus dem Lebensbericht eines Menschen, in dem viele ein Kind des Glückes sahen. Was bei Stefan Zweig den letzten Anstoß zur Selbstvernichtung gab, wir wissen es nicht. Eine andere Frage dagegen ist weniger schwer zu beantworten: Was bleibt?

Es bedarf keiner großen Prophetengabe, um vorauszusagen, daß der Name Stefan Zweig über Generationen hin seine Leuchtkraft behalten wird. »... Veranstaltungen zur Wiederkehr seines hundertsten Geburtstags im Jahre 1981 ... Artikel in der Presse, in kulturellen und literaturwissenschaftlichen Zeitschriften, Neuerscheinungen in der Sekundärliteratur, Ausstellungen, Vorträge, weltweite Symposien (in Wien, London, Fredonia, Metz, Beershewa u.a.), und die Neuauflage seiner Werke in verschiedenen Sprachen sind der Beweis für die schwärmerische Begeisterung, die ein internationaler Leserkreis dem Werk und der Persönlichkeit des Autors seit dessen Lebzeiten entgegenbringt« (Mark H. Gelber).

Es bestätigt sich – Dezennien später – was Thomas Mann zu Stefan Zweigs fünfzigsten Todestag schrieb: »Sein literarischer Ruhm wird zur Sage werden, wie der jenes anderen großen Pazifisten, des Rotterdamers. Aber Liebe wird dem Andenken dieses Sanften, Grundgütigen bleiben.«

Lebensdaten

1881	Stefan Zweig am 28. November als Sohn eines jüdischen Industriellen in Wien geboren
1900	Matura
1900–04	Studium der Germanistik und Romanistik in Wien und Berlin, Promotion zum Dr. phil. 1904
1902	Erste Reise nach Belgien, Begegnung mit Emile Verhaeren
1904–14	Reisen in alle europäischen Zentren, nach Nordafrika, Türkei, Indien, Amerika
1912	Stefan Zweig lernt Friderike von Winternitz (1882–1971), seine spätere Frau kennen. Heirat 1919, Trennung der Ehe 1939
1914	Seiner pazifistischen und kosmopolitischen Überzeugung entsprechend, wendet sich Stefan Zweig gegen den Krieg. Freundschaft mit Romain Rolland und Frans Masereel
1917–18	Ausreise in die Schweiz und Aufenthalt in Zürich. Eintreten für Frieden und Völkerversöhnung im Bund mit Rolland
1919	Übersiedlung und dauernder Wohnsitz in Salzburg, Kapuzinerberg 5. Erscheinen einer russischen Gesamtausgabe seiner Werke, Vorwort von Maxim Gorki
1928	Rußlandreise anläßlich des 100. Geburtstages von Leo Tolstoi
1933	Verbrennung der Werke Stefan Zweigs durch die Nationalsozialisten
1934	2. Wohnsitz in London
1934	Beginn der Beziehung zu Lotte Altmann, Zweigs zweiter Frau
1937	Emigration nach England
1940	Stefan Zweig wird englischer Staatsbürger. USA-Reise, New-York
1941	Emigration nach Brasilien. Seit August 1941 in Petropolis bei Rio de Janeiro
1942	Stefan Zweig scheidet am 23. Februar mit Lotte Zweig aus dem Leben

Die Werke Stefan Zweigs

Die frühen Kränze. Gedichte. 1906
Tersites. Ein Trauerspiel. 1907
Erstes Erlebnis. Vier Geschichten aus Kinderland. 1911
Der verwandelte Komödiant. Ein Spiel aus dem deutschen Rokoko. 1913
Jeremias. Eine dramatische Dichtung. 1917
Romain Rolland – der Mann und das Werk. 1920
Der Zwang. Eine Novelle. 1920
Drei Meister (Balzac – Dickens – Dostojewski). 1920
Amok. Novellen einer Leidenschaft. 1922
Gesammelte Gedichte. 1924
Der Kampf mit dem Dämon (Hölderlin – Kleist – Nietzsche). 1925
Verwirrung der Gefühle. Drei Novellen. 1927
Erinnerungen an Emile Verhaeren. 1928
Sternstunden der Menschheit. 1928
Drei Dichter ihres Lebens (Casanova – Stendhal – Tolstoi). 1928
Joseph Fouché – Bildnis eines politischen Menschen. 1929
Marceline Desbordes-Valmore – Das Lebensbild einer Dichterin. 1930
Die Heilung durch den Geist (Mesmer – Mary Baker-Eddy – Sigmund Freud). 1931
Marie Antoinette – Bildnis eines mittleren Charakters. 1932
Triumph und Tragik des Erasmus von Rotterdam. 1934
Maria Stuart. 1935
Magellan. 1938
Ungeduld des Herzens. Roman. 1938
Amerigo. 1940
Schachnovelle. 1940

Aus dem Nachlaß:

Die Welt von gestern. Erinnerungen eines Europäers. 1943
Begegnungen mit Menschen, Büchern, Städten. 1955

Literatur

Primärliteratur:

Stefan Zweig: Gesammelte Werke in Einzelbänden, Frankfurt/M. 1982ff.

1 Maria Stuart
2 Marie Antoinette. Bildnis eines mittleren Charakters
3 Triumph und Tragik des Erasmus von Rotterdam
4 Joseph Fouché. Bildnis eines politischen Menschen
5 Ungeduld des Herzens. Roman
6 Die Welt von gestern. Erinnerungen eines Europäers
7 Der Kampf mit dem Dämon. Hölderlin. Kleist. Nietzsche
8 Drei Dichter ihres Lebens. Casanova. Stendhal. Tolstoi
9 Drei Meister. Balzac, Dickens. Dostojewski
10 Sternstunden der Menschheit. Zwölf Historische Miniaturen
11 Phantastische Nacht. Erzählungen, hrsg. und mit einer Nachbemerkung von Knut Beck
12 Rausch und Verwandlung. Roman. Aus dem Nachlaß von Knut Beck
13 Verwirrung der Gefühle. Erzählungen
14 Magellan. Der Mann und seine Tat
15 Die schlaflose Welt. Aufsätze und Vorträge aus den Jahren 1902–1930
16 Begegnungen mit Büchern. Aufsätze und Erzählungen aus den Jahren 1902–1933
17 Rhythmen. Nachdichtungen ausgewählter Lyrik von Emile Verhaeren, Charles Baudelaire, Paul Verlaine
18 Tagebücher
19 Castellio gegen Calvin oder ein Gewissen steht auf gegen die Gewalt. Hrsg. von Knut Beck
20 Das Geheimnis des künstlerischen Schaffens. Essays, hrsg. und mit einer Nachbemerkung von Knut Beck
21 Die Heilung durch den Geist. Mesmer. Mary Baker-Eddy. Freud, hrsg. und mit einem Nachwort versehen von Knut Beck
22 Das Lamm der Armen. Dramen, hrsg. und mit einer Nachbemerkung von Knut Beck.

Stefan Zweig: Briefe an Freunde. Hrsg. von Richard Friedenthal, Frankfurt/M. 1984
Stefan Zweig, Paul Zech: Briefe 1910–1942. Hrsg. von Donald G. Davian, Rudolstadt 1984 und Frankfurt/M. 1986
Stefan Zweig: Briefwechsel mit Hermann Bahr, Sigmund Freud, Rainer Maria Rilke und Arthur Schnitzler. Hrsg. von J.B. Berlin, H.-U. Lindken, D.A. Prater, Frankfurt/M. 1987
Stefan Zweig, Richard Strauss: Briefwechsel. Frankfurt/M. 1955.
Stefan Zweig und Friderike Zweig: Briefwechsel 1902–1942. Hrsg. von W. Schuh, Bern 1951

Sekundärliteratur:

Arens, Hanns (Hrsg.): Der große Europäer Stefan Zweig, Frankfurt/M. 1981
Cohen, Rosi: Das Problem des Selbstmordes in Stefan Zweigs Leben und Werk, Bern und Frankfurt/M. 1982
Gelber, Mark H. (Hrsg.): Stefan Zweig heute, New York 1987
Huenich, Fritz Adolf: Bibliographie der Werke von Stefan Zweig, Leipzig 1931
Kesten, Hermann: Meine Freunde, die Poeten, München 1959
Klawiter, Randolph J.: Stefan Zweig. An international bibliography, Riverside, Calif. 1991
Müller, Hartmut: Stefan Zweig. Mit Selbstzeugnissen und Bilddokumenten, Reinbek bei Hamburg, 1988
Prater, Donald A.: Stefan Zweig. Leben und Werk im Bild, Frankfurt/M., 1981
Strelka, Joseph: Stefan Zweig. Freier Geist der Menschlichkeit, Wien 1981
Zweig, Friderike: Stefan Zweig – Wie ich ihn erlebte, Berlin 1948

Inhalt

Junger Dichter im alten Wien 5
Der Weg in die Welt 19
Freunde 35
Vor dem Sturm 46
Schatten 67
Staub und Asche 84
Lebensdaten 91
Die Werke Stefan Zweigs 92
Literatur 93